U1002792

2022 年北欧理事会文学奖

《纽约客》2024 年最佳图书

《华盛顿邮报》2024 年度图书

2024 年美国国家图书奖翻译文学奖长名单

2025 年布克国际文学奖短名单

11·18
时间容器

[丹] 索尔薇 · 巴勒　著
苏诗越　译

接力出版社
Publishing House

桂图登字：20-2023-150

ON CALCULATION OF VOLUME III: Copyright © 2021 by Solvej Balle
Each copy of the Work shall carry the following legend, to appear on the same page as the copyright: "Published by arrangement with Copenhagen Literary Agency ApS, through The Grayhawk Agency"

图书在版编目（CIP）数据

时间容器 / （丹）索尔薇·巴勒著 ； 苏诗越译 . 南宁 ： 接力出版社， 2025. 3. -- （11·18）. -- ISBN 978-7-5448-8856-1

Ⅰ. I534.45

中国国家版本馆 CIP 数据核字第 2025G6Y234 号

时间容器
SHIJIAN RONGQI

责任编辑：陈楠　文字编辑：谢林军　装帧设计：崔欣晔
营销主理：贾毅奎　蔡欣芸　责任校对：高雅
责任监印：刘宝琪　版权联络：王彦超
出版人：白冰　雷鸣
出版发行：接力出版社　社址：广西南宁市园湖南路9号　邮编：530022
电话：010-65546561（发行部）　传真：010-65545210（发行部）
网址：http://www.jielibj.com　电子邮箱：jieli@jielibook.com
经销：新华书店　印制：河北鹏润印刷有限公司
开本：880毫米×1250毫米　1/32　印张：6.5　字数：108千字
版次：2025年3月第1版　印次：2025年3月第1次印刷
定价：49.80元

版权所有　侵权必究

质量服务承诺：如发现缺页、错页、倒装等印装质量问题，可直接联系本社调换。
服务电话：010-65545440

目录

第1144次

我遇到了一个能记得昨天的人。我昨天遇到了他，而他也记得我们昨天见过面。事实上，我们前天就已经见过一次，但直到昨天才说上话。昨天，我知道了他的名字，他叫亨利·戴尔。我不必告诉他时间停止了，这是他早就知道的事情。

他还知道很多事情。他知道现在是秋天，但我们并不会迎来冬天，更不会迎来春天和夏天。他知道树叶的颜色永远都是金灿灿的。他知道这些词的真正含义：“昨天”并不意味着11月17日，“明天”依然意味着11月18日，而11月19日是我们可能永远看不到的一天。无论是早上醒来还是晚上睡觉时，他都清楚地知道这一切。

现在他也知道自己并不孤单，因为今天上午我们在莫勒咖啡馆见了面。我们见面是因为我们曾经约定见面，也是因为我们记得这是我们曾经约好的事情。两个人都记得，而不是一个人记得，一个人忘记。想想我都感觉奇怪，走进这扇门的人，除了我之外，竟然还有人保留着昨天的记忆。

他是在快9点的时候走进咖啡馆的，但我已经坐在桌边了，我是8点30分左右到的，在柜台点了杯咖啡，等待靠窗的桌子空出来。早上8点39分，我刚在桌边坐下没多久，亨利·戴尔就上楼来了。

他打开门，发现我坐在桌边，从他脸上的表情可以看出他认出了我，他向我走来，在我从椅子上站起来的那一瞬间犹豫了一下。我们就站在那里，找不到一句合适的问候语。

亨利·戴尔朝我的方向迈了一步，并向我伸出了一只手，但当我同时向前迈步时，他又把手缩了回去。我微微转过身，我们最终来了一个略显尴尬的拥抱，我在一边对着空气亲了一下，他在我肩膀上轻轻拍了几下。我们打招呼的方式就这样奇怪地混在一起，还夹杂着我们从过去带过来的一些旧习。一切就像一支奇怪的舞蹈：让人尴尬，并且有点儿不协调。

我们都笑了，可能是因为我们摇摇晃晃的样子和奇怪的手势，但也因为这一切都让我们感到陌生。很明显，我们都失去了与他人打招呼的能力，或者说，失去了与一个我们认得并且对方也认得我们的人打招呼的能力。

这没什么大不了的。我们只是前一天见过面的两个人，把对方从“另一个人”的范畴挪到了“另一个特定的人”的范畴，现在又见面了。这应该很简单，但我们显然已经习惯了和那些自认为没见过我们的人打交道，以至于我们都不记得该如何向熟人打招呼了。

但这就是我们所做的：相识。因为我们昨天见过，今天还记得，尽管我见过咖啡馆的顾客、员工和窗外街上的路人的次数远远超过我见过亨利·戴尔的次数，但没有一个人会说我们认识。事实上，他们会说从未见过我。当然，说认识也是我说的。突然之间，我们就这样站在一起了，亨利·戴尔和我。如果有人问我们是否认识，我们可以回答：是的，我们认识。我们说过话，我们知道对方的名字，我们记得我们曾经见过面，现在我们又开始了昨天在大学里开始的谈话，当我们坐在莫勒咖啡馆靠窗的桌子旁时，我们又可以回忆起这段谈话，我们都曾在那里出现过，我们在那里以一种尴尬的舞蹈互相打招呼，引得我们哈哈大笑。

他一定也和我一样感到惊奇，因为整个场面显得格外轻松愉快，这可能不仅仅是因为我们俩昨晚都紧张得没怎么睡觉。我们都笑了，是短暂而自由的笑声。突然之间，这种情形就没有什么奇怪的了，我们只是在继续已经开始的谈话。

一想到我们现在的相遇，我又不禁微笑起来，我意识到我已经有多久没有这种双重识别的感觉了，这种感觉让我的心头微微一震——你认出一个人，而对方也认出了你时，大脑会有轻微的刺痛感。这种感觉消失得太久了，以至于它再次出现时让我感到惊讶和新奇，让我们跳起了奇特的舞蹈。

昨天分开后，我独自回到了维森威格的公寓。但我仍然很惊讶，在11月18日这天，我们竟然能有一段共同的故事，虽然这段故事很短，但仍然是一段相聚、告别、重逢和约定再见的故事。

当我们轻快而略带紧张的笑声渐渐平息后，亨利·戴尔说他一直很担心。他担心我们会面的记忆会在夜里被抹去。我说，到了早上，经过一个不眠之夜，我几乎以为这一切都是我的想象，我们没有见过面。但这却是实实在在发生的事，他点了一杯咖啡，我们一起吃了早餐，我仍然不明白这一切是如何发生的，但突然间，我们坐在那里谈论起了我们的第一次见面。那是在昨天，在大学里，他带着他的书，我带着我的书，他从礼堂的楼梯上走下来，我从一排椅子中走出来，他疑惑地看着面对着他的女人，我则做了一个手势，表示我正试图让他开口说话，我们站在那里，表情不同，角度不同，但背景布置是一样的——房间、一排排椅子和通往出口的楼梯。我们都记得这一切，我们能一起记住，因为我们是两个记住了我们曾见过面的人。

早餐后，我们步行到我的公寓，我带他进屋，他看到的不是我的古罗马的那堆烂摊子，不是门边的垃圾袋、半空的杯子、沙拉盒，不是满地散乱的纸张和书籍，映入眼帘的是我整洁的厨房和客厅，书架上的纸张和文件夹摆放得井井有条。这些都是我的研究成果——关于希腊人和马其顿人的书，关于迈锡尼人和波斯人的书，关于赫梯人[1]和苏美尔人[2]的笔记，还有一堆关于埃及人的书。当然还有关于罗马人的书，关于法兰克人的书，关于斯巴达人和伊特鲁里亚人[3]的文件夹。电脑旁边的桌子上放着书和我的考古学“残骸”，这些残骸的排列顺序既不是按时间排

---

① 赫梯是小亚细亚中部古国，赫梯人据认为属于印欧人的一支。——本书脚注若无特别说明，均为编者注

② 古代两河流域南部(今伊拉克境内)的早期居民。苏美尔人首先使用楔形文字，所创文明是世界最早的文明。

③ 意大利的古代民族，公元前8世纪分布在伊特鲁里亚地区。

列，也不是按字母排列，也不是按地理位置排列，更不是按照任何其他熟悉的方法排列，但仍然算是井井有条。你可以随意走动而不会踩到这些东西，它们不是我日日夜夜追踪罗马人和失落的文明而随意留下的，你很容易就能找到穿过房间的路，你不需要挖开或清理一片森林，也不需要用砍刀拼命赶路。这只是一个公寓，一个好奇心较重的人的相对整洁的公寓。我们只是简单地参观了一下，看了一眼院子里的欧楂树，在厨房的水槽边喝了一杯水，就离开了。离开时，我们把包留在了厨房的地板上。我们并没有谈起这件事。我们离开公寓时就把包放在那里，然后去河边散了很久的步。

那时，我们早已开始整理11月18日的故事，我们从记忆中抽丝剥茧，一直追溯到最初的日子和以后的日子，追溯到我们在18日之前的生活，然后再追溯到更多的11月的日子。我们坐在河边的岩石上，看着船只从我们身边驶过，我们在日子的行列中跳来跳去，然后再一次或者反复回忆起我们突然相遇的细节，回忆起那份不安和惊喜，回忆起让我们相遇的解释不清的巧合。等到我们在河边坐够了，我们就起身向市区走去，然后回到公寓，亨利从地上捡起了他的包。他回到他的旅馆，我回到我的床上，如果可以的话，我本想在床上睡上一觉，但我不再感到疲惫，几乎是神清气爽，充满了惊奇，因为尽管我有时会想，是否有可能把另一个人拖进我的11月18日，但我一直无法想象，我会遇到一个已经在我的圈子里走来走去的人。

是罗马人让我追踪到了亨利·戴尔，或者说，我并没有追踪亨利·戴尔，他就是如此神奇地出现了。我以前可能见过他，因为现在我很确定我第一次去海因里希·海涅大学[1]时在食堂见过他。如果我当时留心观察，寻找不同之处，也许会更早遇见他。但我当时并不是在寻找差异，而是在寻找罗马人。当我不去找罗马人时，我就去找希腊人和伊特鲁里亚人、苏美尔人和迈锡尼人、日耳曼人和法兰克人。诸如此类。总之我不是在找一个背着包的人。

亨利·戴尔也并没有带着目的去寻找任何人。前天，他只是走进礼堂，然后坐了下来。他去了海因里希·海涅大学，在礼堂入口处看到了一个讲座的通知。他就这么走进去，在某一排坐下。

前天，我走上礼堂的阶梯，在亨利·戴尔所在的那排

---

① 即杜塞尔多夫大学，是位于德国北莱茵－威斯特法伦州杜塞尔多夫的一所国立大学。

椅子上坐下。其实以前我已经听过这次讲座了。第一次是在我最早来大学的时候。我漫无目的地在走廊里闲逛，然后走向食堂。我在这里发现了一张布告，提醒我11月18日有一场讲座：通知上用红色大字写着“今日”[①]，然后又写了一些关于罗马帝国贸易和供应稳定的内容。这次讲座显然是整个秋季系列讲座的一部分，也是内容涉及从古至今的复杂社会的跨学科合作课程。

讲座开始前不久，我在食堂坐了一会儿，然后有些犹豫地向礼堂走去。我记得当时感觉自己毫无准备，当我向几位已经到场的听众点头示意后，我几乎转过身去，挤到了第三排。讲座快开始时，来了一大群学生。前排一下子挤满了互相认识的人，大家交头接耳，我觉得自己有点儿碍事，好像是硬闯进来的一样。

讲座的重点是各种各样的后勤设施，这些设施必须到位，以确保货物和资源的持续流动，从而维持罗马社会的运转。讲座特别谈到了大量谷物的进口、运输和储存问题。讲座是用德语进行的，在听讲座的过程中，我意识到自己的语言能力并不尽如人意，因为尽管我日常对德语相

---

① Heute，原文为德语。

当熟悉，但还是有很多细节和专业术语没有掌握。但我的兴趣还是被激发了出来。离开礼堂时，我确信以后还会再来。

前天，我在讲座开始前的最后一刻这样做了。这一次，我感觉更有信心了。在此期间，我不仅对罗马人有了更多的了解，见到学生们也开始有了见到家人的感觉。有几次我还偷偷溜进了不同课程的课堂。我的德语有了很大长进，我开始小心翼翼地打开一扇又一扇门，走向我经常坐在后排的教室和礼堂，走向由于某种原因吸引了我的注意力的课堂，当然，也走向罗马人的世界。

我觉得自己准备得很充分。我找到了系列讲座第一讲的视频录像，并掌握了一些专业术语。在图书馆，我找到了讲罗马帝国资源极其匮乏的书籍——关于耗水、采矿和粮食进口等。我阅读了有关谷物贸易和大型粮仓运作的文章，并终于读完了雅尼塔·翁的书，她在书中指出，正是北方小麦的缺乏阻碍了罗马帝国的扩张步伐。我整夜整夜地坐在扶手椅上，读着长长的详细叙述。我读到了粮食配给和补给的极端重要性，读到了一旦补给出现问题就会引发的骚乱，读到了翁所说的小麦面包是身份的标志。她认为，罗马人的整个自我认知都与粮食供应有关，因为小麦已经被视为人类与动物、罗马人与其周边民族之间的区别。她认为，小麦的故事已经成为一个民族优越性的故事。普劳图斯[①]嘲笑那些把野草当作牛肉来招待客人的原始人。翁引用了普林尼和盖伦的话。在她的描述里，罗马人不喜欢色雷斯[②]和马其顿[③]的荒凉地区经常吃的黑面包，认为黑面包不能作为人类的食物。她解释了黑麦的弊端，因为五百年来，所有罗马人显然都同意一件事：没有小麦，罗马人就会退回到原始时代，退回到野蛮的低谷。只有吃小麦的人才是文明人。不能为人民提供小麦的皇帝或“粮务官”[④]很难被称为罗马人，而黑麦等谷物显然只是野蛮民族和动物的食物。

实际上，我对罗马周边民族的兴趣逐渐超过了对罗马人的兴趣。那些为罗马世界奠定基础的人，那些罗马人几乎不知道的没落民族，那些后来者居上并很快进入罗马领土的人，那些我从未听说过名字的无数部落、族群和民

---

① 古罗马喜剧作家，代表作有《孪生兄弟》《一罐金子》和《俘虏》等。

② 欧洲南部地区名。古代指巴尔干半岛东南部、爱琴海到多瑙河之间的地区。

③ 位于巴尔干半岛，曾是罗马帝国的行省之一。

④ praefectus annonae，原文为拉丁语。

族。我对罗马世界的探索同时把我带往了几个方向，带入了一个由土地、帝国和文化组成的纠缠不清的网络。我所关注的不再是我自己或罗马帝国的边界，至少不再像以前那样。相反地，我想到的是曾经存在过的许多不同的帝国，它们不断地相互影响，有时是以战争和冲突的形式，有时则是缓慢地变迁。

也许这就是我前天回到大学的原因，我还想知道更多错综复杂和四通八达的网络的详情。无论如何，我再次乘坐有轨电车前往大学，当时有点儿晚了，我匆匆穿过广场。人们在矮墙上挨着坐下，我沿着其中一栋建筑抄近路，从靠近礼堂的一扇侧门进入礼堂，那里将举行讲座。低年级的学生们已经簇拥而至，在前几排坐下来，扭来扭去，议论纷纷。我赶紧走上楼梯，坐在礼堂后部的位置，那里空气更流通一些。那一排坐着三四个人，亨利·戴尔——或者说后来我才知道是亨利·戴尔的那个人，就是其中之一。

起初，我并没有注意到他。我坐在那排靠外面的座位上，之所以注意到他，是因为他在休息时间起身离开了礼堂，就在提问时间之前。他一定是坐在那一排的中间位置，现在他站了起来，把包背在肩上，准备离开座位。我看到隔着几个座位的一个人为他站了起来，于是我也从我的座位上站了起来——座位折叠在我身后，然后我向后退了一步，让他可以通过。

他似乎很不耐烦，但同时又带着奇怪的歉意，我突然发现他走下楼梯时的样子很引人注目：他扎着马尾，背着大包，外套搭在胳膊上，身形棱角分明。他比礼堂里和我坐在一起的学生要年长一些，我想他可能是一位讲师，也可能是一位高年级学生。当他快步下楼梯走向出口时，有些东西让我觉得他与教室里的其他人格格不入，虽然不是特别显著，但足以引起我的注意。

我觉得我以前见过他，但这并没有什么不寻常的。我见过很多人，我经常发现自己好像认识对方一样和他们打招呼，尽管我知道我是唯一认识他们的人。当然，通常情况下，我是在同一时间或同一地点见到他们的，但有时人们会在完全不同的背景下出现：早上在超市结账的店员，下午3点走在街上的人，在餐馆里见过的顾客，突然站在我面前的商店里的人。现在我有一种感觉，我看到了之前与我擦肩而过的那个人。我想起了那个包，以为在食堂见过他，但又有些不同。也许他的穿着不同，也许他的发型不同，我不确定。我注意到他衬衫的颜色，是略带灰尘的绿色。我很喜欢，那颜色很不寻常，至少有一些引人注目的地方。

起初，我并没有什么疑惑。那只是一个穿着绿色衬衫、肩上背着包的男人。我有可能以前见过他，但我不会对我在路上看到的男人或他们的着装想那么多，至少现在不会了，在秋天的日子里，我不会这样做。当然，除非他们可能是足球球迷或偷自行车的贼。

当那个穿绿色衬衫的人经过我身边，下楼梯走向出口时，台上的讲师已经回答完了听众的第一个问题。我自己也准备了一个问题，是关于雅尼塔·翁的理论和其他谷物的问题，比如黑麦，它们可能会对粮食供应产生影响。但现在我突然无法集中注意力，什么也没问。

不知道是这个原因，还是因为我已经感觉到不对劲，昨天我又一次坐电车来到大学，进去听同样的讲座，并在礼堂的同一个位置坐下。当我到达时，我发现我找不到那个穿绿色衬衫的人。尽管我小心翼翼地转过身去找了几次，同时努力集中精力听罗马的谷物贸易——谷物装卸的技巧、对谷物耐久储存的考虑、谷物储存的困难程度、谷物数量的测量方法、如何付款、谷物的水陆运输方式，以及与其他产品和原材料，比如盐、锡、水泥、油和鱼酱等罗马帝国所有必需品运输的比较。

但是，那位失踪的听众并没有按时出现，他是在讲座结束后的休息时间到的，坐在礼堂后部比我高两排的位置上。我看着他爬楼梯到了上边，过了一会儿讲师宣布现在有机会提问了。这次新来的人穿着一件蓝色衬衫，但我毫不怀疑就是他。他仍然把外套搭在胳膊上，把包背在肩上，第一个问题还没问完，他就已经坐下了。

我又一次准备好了我的问题。这一次，我把它写了下来。我想问的是：尽管罗马居民和帝国各行省的军团都很难获得粮食，罗马人却从未吃过或进口过黑麦，这是否属实？日耳曼边境以北地区小麦产量低的事实是否可能是罗马人向北扩张停滞不前的一个促成因素，甚至可能是一个决定性原因？

当然，我已经意识到事情很不对劲。不仅因为我可能是礼堂里唯一对罗马人与黑麦的关系感兴趣的人，而且或者说更重要的是，上楼梯那个人穿的衬衫颜色不对。因为11月18日不会出现换衬衫的情况，11月18日是重复的，11月18日的乘客不会在同一天的同一时间穿两件不同的衬衫。在11月18日，人们都有自己的模式，只要你不把他们从既定路线上拉下来，他们就会坚守在自己的座位上。

他们不会今天下楼梯，明天上楼梯。

当那个曾身穿绿色衬衫的男人上楼梯时，我开始意识到，我可能不是唯一歪歪扭扭走进11月18日的人。当然，也可能有其他的解释，我也有时间考虑其中的几个，但我知道：模式被打断了。唯一合理的解释是，现在坐在离我稍远的地方的那个男人，也被时间困住了。

当然，我没能问出原本想问的问题，因为我现在满脑子都是那位坐在我身后两排的观众。我能感觉到他偶尔在看我。我的穿着和前一天没有什么不同，而且我确信我坐在同一个座位上，所以我不明白我为什么会引起他的注意。也许是他走过来时我的目不转睛，也许是他感觉到了我对他的关注。

但我又想，他已经知道我在另一个时间了。至少我现在已经意识到了他的问题所在，我觉得这让人毛骨悚然。就像一人半夜赤身裸体地走在无人的街道上，然后突然遇到另一个人也赤身裸体地走在无人的街道上。就是这种感觉。赤身裸体就像一个启示。

在会场观众提出最后一个问题时，我开始收拾笔记，背上书包，准备冲出去。在提问过程中，蓝衬衫男人一直坐在后面，胳膊上还搭着外套，现在他从座位上站了起来。我也站了起来，在他走到我那一排的时候，我走到了他面前，清了清嗓子，说我有几个问题想问他。

他点了点头。我拎着包走出了那排椅子，然后我们走下楼梯。在路上，我带着一丝不确定地问他。我不知道是我的德语水平不够，还是陌生的环境让我紧张，可能两者都有。我想问他是否也是一个重复的东西，脱口而出“Ein Wiederholung”，但马上意识到应该是“Eine Wiederholung”①。我有口音，还有语法错误，再加上这句话本身听上去就很奇怪，让这个问题显得与周围的环境格格不入。他只是点了点头，但又改变了想法，指了指礼堂四周。他说，实际上，这一切都是重复的。我点点头，说这可能更准确，因为我现在确信他也停留在11月18日。

他建议我们坐下来喝杯咖啡，我同意了，然后我们走向食堂，食堂里坐满了人。很难找到一张空桌让我们在不被打扰的情况下交谈，所以他建议我们去走廊尽头的自动售货机买咖啡。在路上，他打开背包，拿出钱包，在打开的背包里，我看到了一坨绿色的东西，可能是他的绿色衬

① 德语意为“一个重复的东西”。在德语中，不定冠词ein修饰阳性名词和中性名词，eine修饰阴性名词，文中“我”一开始使用了错误的不定冠词。——译者注

衫，然后他合上包，问我想喝什么咖啡。

在他拿咖啡的时候，我走到角落里的一张桌子旁。周围人不多，我把包放下，然后回去帮忙拿咖啡，他拿着咖啡，几乎无法实现平衡，因为肩上的大包随时可能会让他失去平衡。我赶紧接过其中一个纸杯，好让他恢复平衡。当我们坐下来时，我意识到我们还没有自我介绍。我告诉他我叫塔拉·塞尔特。他叫亨利·戴尔。

他告诉我，在他那个时间里，在时间断裂之前，准确地说，是在11月16日，他来到杜塞尔多夫参加在该大学举行的一次会议。原来，他是挪威人，曾在德国弗赖堡[①]和杜塞尔多夫学习过。他说，那是很久以前的事了。他曾经是一名社会学家，每天都住在奥斯陆。现在他大部分时间都在德国，或者在美国，但那更是说来话长了。

我告诉他，我曾经学过人类学。现在我是个古旧书商，或者说，此刻我不是古旧书商，现在的我什么都不是。我对罗马帝国感兴趣，对帝国的边界感兴趣。至少近期的我还是如此。现在，边界开始打破了，我的视野拓宽了。

除此之外，我什么都不是。我一直重复生活在11月

---

① 德国西南部城市，有德国最古老的大学之一——弗赖堡大学。

的一天。我曾试图打发时间，但现在时间静止了。11月18日是一个容器，或者至少在我眼里是这样的。我试着去理解我为什么在这里，并尽可能减少对别人的伤害。我说，我被困在一个金色的笼子里，并开始解释我为什么这么说。或许我是个怪物，一个生活在11月18日的怪物，吞噬着我的世界。我可以看出，我的解释中缺少了一些东西。我看着他，他什么也没说。但话说回来，他也是，我马上想到，现在我们是两个人了。

我问他是什么时候意识到自己不是唯一被困在11月18日的人。他说，当我问他是不是一个重复的东西时，他才意识到。但他此前已经觉得有些不对劲，这也是他回到礼堂的原因。当他从礼堂的一排椅子上走下来时，经过我身边，他觉得我有些奇怪。

咖啡喝完后，我们拿着空杯子在陌生的环境中坐了一会儿。有那么一瞬间，我以为我说的怪话把他吓到了。我犹豫着建议要不要去城里走走，也许能找到吃饭的地方，他竟然点了点头，站了起来。

他把包背在肩上，把我们的咖啡杯捡起来扔进垃圾桶，而我则从地上捡起我的包背上。然后，我们离开了大学。两个旅行者，背着有点儿大的包。

几个小时后，我回到了家。感到茫然，又感到不真实。因为，两个人不可能完全独立地被困在同一个11月18日。不然，这两个人也完全不可能相遇。

然后，今天早上我们在莫勒咖啡馆见面了。我们都曾担心，我们相遇的记忆会在夜里从对方的意识中消失，但它却一直保留了下来。是两个意识，而不是一个。

我几乎一夜没睡。亨利只睡了几个小时，但他一醒来就想起了一切。他记得我们见过面，我们一起喝咖啡。他记得我们一起步行进城，我们说了几句话，尤其是我们之间的沉默，这表明我们都需要平静下来了解发生了什么。他记得我们在一家日本餐厅吃过饭。他还记得我们聊了些什么。

我把这句话再写一遍：我遇到了一个能记得的人。这句话从今天早上开始就一直在我脑海中嗡嗡作响，现在我把它打在电脑上，打在我的文档里，我马上就会打印出来。在纸上，在我的记忆材料中，直到昨天，这是我唯一可以期待一些记忆的地方，我唯一的见证人，我的知己。

但现在我们是两个人了。我们两个是同类：都能记得发生的事情，都被困在11月18日，都不再是孤身一人。

第1148次

我的嗓子好像一直在冬眠，完全无法承受我最近的长篇大论。我意识到，自从和家人一起过圣诞节以来，我和周围人的交谈次数少之又少，而且很短，简短而友好，还不觉得累。

但现在我们已经谈了又谈，亨利·戴尔和我。我们声嘶力竭，声带疲惫，我们停顿下来，我们各自回家，当我们再次相遇时，谈话可以继续。没有必要重复，因为没有人会在夜里忘记一切。遇到一个还记得的人是件很奇怪的事。1143天，在这些日子里，一切都从别人的记忆中消失了。

或者是1144天。我们比较过天数，我们的天数不一样。亨利的天数比我的多一天。他认为是在第1144天，我们见面喝咖啡，然后进城，在一家日本餐厅前告别。我认为，第1144天是我们在莫勒咖啡馆相遇并以一种奇怪的舞蹈互相问候的那一天。我在笔记本上数过好几次日子。亨利也数过自己的日子。我无法得出不同的结果，他也无法得出不同的结果。我现在有1148天，他有1149天。

但我们在大多数事情上意见一致。差异很小。我们一致认为18日在重复。我们一致认为，我们已经经历了太多次重复，如果我们把这些天数换算成年，这将超过三年。但我们不数年，而是数天，分歧很小，距离很短。我们一致认为，两个背着稍大的包的人在海因里希·海涅大学相遇是五天前的事。我们一致认为，我们拿着纸杯、纸杯套和热饮坐在那里，谈论的是同一个停止的日子。我们并不总是使用完全相同的词语，但这些词语足够准确。我们一致认为，四天前我们在莫勒咖啡馆相遇，我们沿着河边散步；三天前、前天和昨天，我们在几个街区外的公园散步，再次讨论了天数；今天我们将再次见面。我们不再担心忘记，或者只是有一点点担心。

第1150次

我们用古罗马硬币掷硬币。它被放在厨房桌子上那个有缺口的杯子中，在皱巴巴的糖袋和我们去过的咖啡馆的一块巧克力中找到了自己的家。

我曾跟亨利说过那枚通往罗马的硬币。它是如何躺在厨房的桌子上，放错了位置，几乎碍手碍脚，然后突然发生了变化，把我送进了对罗马世界的研究中，而最后，也就是现在，它又只是一枚硬币、一块金属。它整整齐齐地放在棱角分明的杯子里，需要的时候就可以拿出来，比如需要抛硬币的时候。就像杯子里的糖一样，需要撒的时候就可以拿出来。

然后那一天来了——我们需要古罗马硬币的那一天来了。我们掷硬币决定到底是多少天，亨利赢了。所以我跳过了第1149天。亨利·戴尔搬进了我的公寓。我们的时间和地点都同步了

他搬进来了，带着他的包、他的衣服，还有他在旅馆里拿的一些书和文件。他把牙刷放在浴室的杯子里，把绿色衬衫和一条裤子搭在客厅的扶手椅上。我们讨论了留下的东西和离开的东西。他认为，尽管衬衫很新，但它会一直陪伴着他。他再也不用晚上穿着它睡觉，也不用把它放在包里随身携带。

我们使用的语言也不一样，他更常讲德语，而我更常讲英语。我觉得他的挪威语听起来像冬天的语言，好像会下雪一样。我们在德语和英语之间切换，有时还会说一点

儿法语。

今天，亨利买了一张沙发床放在客厅里。我们把餐桌搬回了厨房。餐桌旁的椅子围成一圈，用来坐下来吃饭、聊天、回忆往事。我把大部分文件和书都搬进了卧室。亨利从二手店淘了一张茶几，明天我们要去取。这样很快我们就会有茶几了，角落里还有一把扶手椅。

我们为晚餐采购。亨利对我坚持买半旧的东西一直很犹豫。他说，他正在和我一样努力养成吃垃圾的习惯。他知道我们在消耗这个世界，他看到过。他见过空荡荡的货架，见过餐厅和咖啡馆黑板上的菜品字样被擦掉，也见过酒店自助早餐厅里小袋装的杏子酱空空如也，只是后来他就搬到了另一家酒店，或者另一个城市。我告诉他，我也遇到过同样的问题，因为我也喜欢杏子酱，但在杏子酱吃完之前，我改吃草莓酱了。

他认为分享这些经历很奇怪，果酱就是其中之一，还有咖啡机的声音、餐厅的菜单板、一家家酒店和咖啡馆。他说："欢迎加入有闲阶级。"[①] 我说，两个人不足以成为什么阶级。不过总比只有一个人的阶级要大。

① Welcome to the leisure class，原文为英语。

他认为我吃垃圾的想法是反应过度。在他看来：吃垃圾有什么好处？我们就算吃空了我们的世界，那又怎么样？我坚信，如果我们只吃需要扔掉的东西，就会减少对世界的伤害。如果有一天，19日到来了，那留给我们的东西也会更多。

他认为不会再有19日了，至少他是这么说的。他认为，如果可能的话，这一切早就发生了。他在18日的世界里待得太久了，久到他不再相信19日会到来。我问他，是不是因为在自己的圈子里孤独太久，才以为自己会永远孤独下去。他说可能是的，不过人可以增长智慧。我说，是的，还可以增长智慧。我不知道为什么我听起来这么乐观，毕竟我也不相信19日会到来。但也许我们中必须有一个人是乐观主义者，然后这个角色就分给了我。

光是想想都让我头晕。当我以为自己孤独的时候，另一个人却和我生活在同一个11月18日。我们吃着杏子酱，问着同样的问题。亨利以为他也是一个人，但其实我们不是。

第1167次

如果是在不同的情况下相遇，我们还会成为朋友吗?我觉得发生在我俩身上的事，是一种共同的命运。

今天早上，亨利·戴尔走进厨房，这次他穿了一件我从未见过的白衬衫，我想到了医院的病房。房间空荡荡地摆着两张床，我和一个年纪稍大的女孩儿，我们就躺在那里。那时我十三四岁，她大我几岁。我们都要做扁桃体摘除手术。她带着一个绿色的包走进病房，一头蓬松的卷发用发带扎了起来。不过她看上去明显心存不满，可能因为要遵守医院的规定，还要换上医院的衣服，以及要做手术。我穿着医院的白衬衫躺在床上，她让护士去拿一件新衣服，因为给她的那件尺码太小了。

护士夸她的包好看，还询问她的生活和学习情况，她回答得很随性，一再要求护士帮助她做一些琐碎的事，仿佛护士就是她的女仆或梳妆台。

我们晚上要禁食，所以没有吃晚饭，而是躺在一起喝暗红色的柠檬水。很明显，我的室友觉得有我作陪有失她的身份。就好像是我和我的孩子气，才让我们不得不像小孩子一样喝柠檬水，并早早上床睡觉。后来我们终于就柠檬水的味道很奇怪一事达成一致，然后就没怎么说话了。

第二天一早，我们就去了手术室。我先去，她稍后。我戴着面罩，被打了麻药，本来要数到十，但我只数到了四就不省人事了。醒来时，我已经回到了自己的房间，旁边的床不见了。我只记得醒来时感到头晕，看到旁边空空如也。我感到恶心，四处寻找那根拉一下就可以呼叫护士的绳子，但绳子不在那里，没过多久我又睡着了。

当我再次醒来，我旁边的床已经归位，而我的邻居正沉浸在睡梦中，我再次找起了那根绳子，这样方便喊人。但我只能看到墙上高高挂着一个奇怪的钩子，绳子应该就挂在那里。我小心翼翼地在床上转过身，试图向墙壁和挂钩移动，但我的手臂软绵绵的，当我试图靠上去时，手臂无法带动我的身体，只能弯曲地伸着。第二次尝试时，我感到恶心，吐了点儿血，吐在了白色的枕套上，但后来我又试了一次，第三次或第四次我成功了。我把自己推到床头板上，再把自己推到墙壁上，墙壁是黄白色的，而且有奇怪的凹凸感，我把自己往上抬，最后拉到了应该挂绳子的钩子。我听到走廊里有动静，但什么也没发生。

过了一会儿，一名护士走进病房。她的目光从一张床移到另一张床，从我熟睡的邻居的绳子移到本该挂在我旁边的绳子，又移到挂钩上，再移到我的枕头上。我不知道为什么我记得这么清楚，因为我当时一定还处于麻醉剂的影响下。然后那个护士说我一定需要一个新的枕套，她一定是这么做的，但直到我的爸爸妈妈和丽莎一个接一个地穿过厚重的棕色门走进病房，我才再次醒来。我的枕头又白又新，我的室友已经醒了，她坐了起来，挂钩上挂着一根绳子，几乎是呈Z字形地垂在墙上，应该是之前在别的地方折叠存放来着。

在接下来住院的日子里，我们几乎没有说过话。我是那个年轻的、不起眼的病人，她却恢复得很快，看起来就像她往常的样子，但她却感到痛苦，脸色苍白，疲惫地躺在床上。她的头发变得扁平而忧伤。她觉得自己长大了，不能再吃很多香草冰激凌了，没有什么能消除她脸上略带悲伤的表情，直到她突然感觉好多了，洗了一个时间很长的澡，又恢复了原来的样子。

每个人都很高兴，她从脸色苍白的病人一下子变成了光彩照人的少女，周围的人都为她的巨大转变鼓掌。第二天，我们被各自的父母接走了。来接她的是她妈妈，她妈妈看到的是疲惫的她。我被我的家人接走了，他们坚持要在病房里给我们俩拍照。

如果是在其他情况下相遇，我不知道我们能否成为朋友，比如我们的年龄更大一些。我感觉不会成为朋友。但我觉得，恰恰是这种情况让我们走到了一起，我们总有一些共同点，不管我们愿不愿意，我们之间的联系已经建立起来了。

我不知道为什么会想起那个一同住院的伙伴，也许是因为我就是这样看待亨利·戴尔的。这种奇怪的情况让我们走到了一起，就好像在一个充满麻醉剂、柠檬水和白衬衫的世界里，我们是孤独的。

第*1173*次

但我们并不沉默。我们聊天，讲故事，我讲过托马斯，讲过克利希苏布瓦，讲过T.&T.塞尔特，讲过人在房子里的声音。我讲过我的11月17日，讲过我的第一个11月18日，讲过我拜访菲利普和玛丽的事，讲过烧伤痊愈的事。我谈起和托马斯一起度过的雾天，谈起了步行者、潜水员和弃船者，谈起过雾散了，谈起了我们的调查研究，谈起了双胞胎、马车和伐木工。我讲起从记忆中消失的煎蛋，讲起我们坐在桌边刚吃完饭托马斯就饿了，讲起我们之间有一种如临深渊的感觉，讲起我是孤独的。

我说，我感觉自己被重塑了，好像变成了另外一个人。我描述了我曾经愚蠢地希望在第一年结束时跳回普通的会前进的时间里。我讲述了我和家人一起过圣诞节的情景，以及我试图打造四季的想法。我讲述了关于冬天、春天和夏天的事情，关于偷自行车的小偷儿和通往罗马的道路。

我觉得亨利·戴尔觉得我很奇怪，并充满好奇，至少他是这么说的。比如坐在屋子里听着“失去”的爱人说话，假装你们还在一起；比如相信自己可以在一年后的11月18日跳回到过去；比如相信可以通过向北或向南旅行来打造一年四季。

他认为自己审时度势的态度更加清醒。他说，他没有幻想。他不相信能找到回去的路，也不相信能抓住失去的东西或找到解释。他说，必须把失败归咎于自己，必须接受失败，必须忍受重复。诸如此类的话。不过，他有时还是希望自己有一天醒来发现是19日，是20日，希望能发生点儿什么。

他讲述了他的11月17日：这一天没有发生什么事情。他讲述了他的11月16日：他乘坐飞机从奥斯陆飞往杜塞尔多夫，并于16日晚抵达。他将参加一个于17日召开的会议。他说，他将发表“the closing keynote”，但是我没理解这是什么意思，所以他进一步解释这是“闭幕主旨演讲”的意思。这是他要在19日做的事情。“也就是明天。”他带着一丝微笑说。他已经准备好了手稿，但他认为自己不再需要它了。此外，他还得重写，他说。毕竟他有时间思考。

17日，他出席了下午1点开始的会议，会见了同事，并在晚上与他们共进晚餐。18日，他再次出现，参加了会议，并在晚上为第二天做准备。但第二天不是19日。这已经是第二次11月18日了。事情就这样继续着。他说，你知道我的意思。我想，我当然知道这是什么意思。

在酒店吃早餐时，他才意识到发生了什么。他吃早饭的时间比前一天晚了一些，酒店里没有报纸，但在供应早饭的房间里有一个新闻屏幕。他一直带着手稿坐在隔壁房间，什么也没注意到。到了会议现场，他才意识到这一天是重复的，根本不是19日。“我想我没有必要再说什么了。”他说。

当这一切开始时，他已经37岁了。正如他所说，这一天就这样开始了。他没有用年份来衡量时间，但他计算过自己的日子。他没有尝试去打造什么四季，也没有想象过有一个真正的时间在他下面或旁边，或者在他上面运行，或者在他的内心。他没有想象过时间是一个容器，他把每一天都看作是一条长长的隧道。

但他说他变了，他很清楚这一点。那种感觉就像他的意识被重建了，一条小路被清扫了，积雪被铲平了，灌木丛被清理了，瓦片被铺平了。他的外表也发生了变化。他留起了头发，扎起了马尾，他以前从来没有这样过。他把头发盘了几下，用松紧带固定住，他把它叫作发髻。

我们坐在莫勒咖啡馆靠窗的桌子旁，他一边说话，一边摆弄着用来束起头发的松紧带。他说：“我以前不是这个样子的。”在11月的日子里，他曾多次回到海因里希·海涅大学，但留起头发后，他就像变了个人似的。当他与其他与会者不期而遇时，他们都会对他点头示意，但很明显，他们并不太清楚自己是在哪里认识他的。他一定改变了很多。

当他意识到时间已经停止时，他就一天一天地过。他每天早上按部就班地洗澡、刮胡子。他说，幸好如此，否则他早就数不清日子了。一天早上，他在浴室的垃圾桶里数了数一次性剃须刀。一共有七把，但有一把是17日的，他想，那肯定是六天前的。从那天早上起，他就开始自己数日子了。

只有在需要理发时，他才意识到自己的头发正在生长。他也没有注意到自己的指甲。他说，他只是想都没想就剪了。我们在这一点上也是一样的。

他曾在酒店附近的一家理发店理过发，后来离开杜塞尔多夫后，他又到过很多地方的理发店。他不喜欢理发这种事，因为这提醒他时间正在流逝。每次，他都会坐下来思考时间又过去了多久。于是，他任由头发生长，让时间悄悄流逝，不再有那些尖锐的间隔。现在他已经习惯了，习惯了成为另一个人。

我曾多次问起他的工作，每次他都试图逃避，但现在他说，在某种程度上，这就是他的研究：成为另一个人。关于我们与人类在生存中突如其来的变化之间的关系，出现尖锐的断裂，他称之为“存在的中断”。他说如果我感兴趣的话，可以读读他写的一篇文章《断裂的人——身份断裂的社会学》[1]。

他认为，这是人类的一种特质。摆脱过去、朝着完全不同的方向前进、重塑自我的能力。这是我们发达的适应能力，他称之为“突变能力”，或者说是一种冲动。也许它甚至可以解释我们作为一个物种的成功。他认为这是人类生活中的一项财富。他认为这也许是人类最独特的地方，或者至少他之前是这么想的，现在他不再那么肯定了。

他举了一些例子，简短地描述了一下。关于人们创造新生活的能力，急剧地转变，朝着完全不同的方向前进，即使这意味着要烧毁身后的桥梁。诸如此类。他还写了一本书，不过是挪威语的。我想知道更多，但他不想进一步解释，至少现在不想。他已经很久没有向别人提起过他的作品了。他有时间产生怀疑。他说，他的研究当然是以他人的理论为基础的，他提到了几位我没听说过的社会学家，还有一位是我读书时遇到的。他进一步发展了这些理论，并提出了“断裂的人”[2]的概念，挪威语版本的书名是

---

① 原文名为“Homo Abruptus–The Sociology of Identity Ruptures”，英文破折号前为拉丁语，后为英语。——译者注

② Homo Abruptus，原文为拉丁语。

Det abrupte mennesket[①]。我说，我觉得他用挪威语说书名的时候很好听。他不确定是否要起这样的书名，以及自己都听不下去自己的解释。他说，那是说教的语气。

但也许他下次会告诉我更多，他没有对我们的想法发表评论：还有更多的对话，对话可以继续，我们谈论的不仅仅是两三天或十天，也许是很长一段时间，我们可以一次又一次地回到对话中。我们的对话不一定是昙花一现。这是一个开放的世界，它不仅令人欣慰，我们还奇妙地联系在一起，它是更多对话的承诺，但不仅限于此。与一个随机的人绑在一起的想法让人有点儿毛骨悚然。这不仅仅是因为你知道自己在旅途中多了一个同伴，还有一种感觉，那就是被分派了照看行李的责任。

他想谈谈他的11月18日，他最初是怎么认为那是一场梦的，他是如何若无其事地应对的，或者说几乎什么都没发生，好像只要他想点儿别的，一切都会过去。

头几天，他来参加会议，表现得就像第一次参加18日的会议一样。接下来的几天，他一直住在酒店里。他把这几天当作一种礼物。他把这些日子花在了他一直拖延的

① 断裂的人。

工作上。校对一篇文章，给一些学生反馈意见，还有他忘了回复的电子邮件，所有这些他都整理好并发送出去了，他以为自己正在赶着做所有该做的事情。他一直坐在自己惯常的工作泡泡里，觉得自己有多余的时间。事实上，他花了很长时间才明白发生了什么事，以至于看到电脑屏幕角落出现11月18日这个日期时，他才松了一口气。长期以来，他一直觉得，每天都有各种琐事要做，就像一节节火车车厢源源不断地向他驶来。多年来，他一直这样想。一节车厢过去了，下一节车厢又来了。当整列火车驶过之后，远处又有一个新的火车头带着同样多的车厢驶来。每天都有新的任务和新的项目要参与或组织：要开会、要完成手稿、要准备教学课程、要与共同申请者协调外部研究基金申请、同行评审、阅读论文、开新的会议。当然还有他所谓的“简历护理”工作：要把文章放在合适的位置，要列出看起来不错但不需要花太多时间的小项目，还有与研究人员一起参加的活动，而且你希望自己也能受到邀请。还有新的课程，同事间的争执，角落里的窃窃私语，让他左右为难的招聘委员会，需要外交手段的声明、小分歧，以及源源不断的电子邮件、各种事项提醒和截止期限。

我几乎喘不过气来，因为他显然花了很长时间来思考这个冗长的问题。我发现他对时间流逝的反应比我更奇特。在我看来，他的工作任务、他用的大学术语和他无意识的反应，比坐在那里听他心爱的人泡茶、爬楼梯、开门、撒尿和听音乐更奇特，但亨利·戴尔很快也意识到，他的勤奋毫无意义。他就自己所在系的新课程起草了一些意见，附在一封电子邮件里寄给了秘书处。事情办完后，他松了一口气，但第二天，他又补充了一些意见，连同他已发送的电子邮件的说明一起发送了出去。显然，这封邮件是在夜里消失的，他在存档中找不到这封邮件。他说，世界被重置了。幸运的是，他的银行账户也被重置了。几天后，他的手机也没电了，先是打不了电话，最后完全不能用了。电脑还能继续工作，但他在上面所做的一切都消失了。他仍然可以打开电脑，一切看起来都和他11月18日早上一样，他意识到——我想是有点儿慢——他所做的一切都没有留下痕迹。没有修改，没有电子邮件，没有校样，没有评论。一切都消失了。一切都消失了，消失在浩瀚的数字虚无之中。当然，他应该告诉自己这些，但他没有。他就像一个机器人一样按部就班地工作着。这太荒唐了，他觉得自己像个傻瓜。

但是，当他继续描述在接下来的日子里他是如何感到更加荒谬的时候，我觉得他是在夸大其词。他说，这一切的消失与他之前生活的世界完全平行。他意识到，如果时间没有凝固、停止，或者开始循环，一切还会是一样的。反正一切都会消失，只不过速度会慢一些。他说，或者大部分都会消失，他所做的大部分事情都不会有任何意义。

起初我不太明白他的意思，但他认为，他的大部分工作都是创造一些纸质垃圾。这些课程没有什么区别，反正一两年后就会改变，基本上可以跳过。对文章的评论不会因为他的回应而有多大改进，仍然只是标准的文章，打印出来就会被遗忘，除了增加了作者的简历长度外不会有任何改变，但即使这样也无所谓，因为其他人都做同样的事情，所以他们的简历也变长了。没有意义的评价和对评价方法的评价，无论如何都不会带来改变。我们现在这样的做法只是让学生更快完成学业，或让研究人员发表更多文章。研究人员为了提高效率，把自己的见解拆分成许多部分，以至于失去了连贯性。学生们只关心如何顺利通过各种考试，完成学业，然后从另一端出来。他们没有时间阅读任何不属于教学大纲的内容，除了收集一些有助于考试的片段外，他们对所读内容一无所知，然后很快又忘得一干二净。就像他说的那样，这些松散的知识永远也不会扎根于他们的脚下。他说，他所做的一切都毫无意义，都会消失得无影无踪。生活中越来越多的事情变成了按下删除键的前兆。几天后，他发现，消失在数字世界的虚无，与11月18日之前的生活太相似了。

在许多方面，重复11月18日是一种解放。这一天并不预示着进步、动力和进展。他说，11月18日至少是诚实的，它可以重塑历史。

我觉得差别更大。如果日子一天天过去，我就会在11月19日回到托马斯身边，那时冬天、春天、夏天和秋天都已经过去好几轮了。我们新种的杏树也会长大，也许我们已经收获了杏子。托马斯的祖父种植的攀缘玫瑰可能已经长到了几米高，它会绽放出粉红色的花蕾和白色的花朵，花瓣掉落一地。我们会在老塞尔特的花园里耕种，并计划着春天该做些什么。榅桲灌木丛可能已经开始结榅桲了，苹果树可能已经结出了大量的苹果，树上的鸟儿可能已经孵出了一窝又一窝的小鸟。也许有那么一次，我们会记得在秋天播种花椰菜。我们会给这个世界带来一些东西。也许我们会有一个孩子，第二个孩子也快出生了，谁知道呢？我想，这和11月18日一次又一次地不同。

“或者兴许你们已经离婚了，或者都死了。”亨利说，“苹果树在暴风雨中倒下了。什么都没有了，没有孩子，没有婚姻，没有苹果。”“也许吧。”我说，但我不喜欢他这么说。我说，我宁愿做仓鼠轮上的仓鼠，种韭葱和瑞士甜菜却一无所获，也不愿做只坐一天就把世界一点儿一点儿吞噬掉的怪物，然后开始谈论我发现韭葱从花园里消失，货架上空空如也，满目荒凉。这样好吗?

他坚持自己的想法，这并不是因为他宁愿悲观，其实恰恰相反。我们还活着并不是一无所有，但世事难料。你可以有孩子，你可以离婚，你可以失去，你可以死。这些都会发生，他又说了一遍。你必须承受损失，接受灾难。

他已经告诉过我，他有一个五岁的儿子，前妻带着他的儿子和她的新男友去了美国，但我不喜欢他把死亡、不幸、离婚和失落说得好像是预料之中的事情，所以我又回到了他的11月18日。我还是觉得他的反应比我自己的要离奇得多。

在意识到自己的工作徒劳无功之后，他开始阅读自己在工作中没有时间阅读的东西。比如同事的文章，那些他引用过却没有真正读过的作品，质疑他的结论的东西，他早该读过的旧作，还有一些另类的解释、反驳、反论证，还有过去关于突变、转换、蜕变的描述。诸如此类。

他意识到，以前读过的很多东西都没有留在记忆中。所有的东西都被分成了两类：一类是他在工作中需要用到的东西，另一类是他不需要的东西。这两样东西他一拿到手就忘了，所有的时间都在写文章、做报告、教书，或者其他任何他需要做的事情。现在，他又开始思考了。他开始存储他不需要的信息。他开始环顾四周，却不知道该如何处理他所看到的一切。收集世界上无用的碎片就像他意识中的砾石，这让现在的他变得迟钝，砾石在他脑海中滚动时会发出声音。而在此之前，一切都安静而黑暗。他就像一只猫头鹰，沉默、高效，除了即将捕获的猎物，对其他一切都视而不见。

他说："漫步人生，走到一半，我发现自己身处黑森林[①]。"就像他突然找到了自己的立足点一样，一天就这样停滞了。现在，他能在黑暗中听到自己的脚步声。

他说他可能压力太大了，或者陷入了危机。他觉得这

---

① 即"黑林山"，德国西南部山脉，位于莱茵河上游以东，多瑙河发源于此。北坡森林连绵不断，高大松、杉遮天蔽日，森林中往往漆黑一片，故又得名"黑森林"。

并不奇怪。他开始觉得，是他的压力或危机让他离开了正常的时间。

这听起来很奇怪——因为危机或压力而进入循环的说法。我说，我不认为18日重复出现会有什么具体原因。至少我没有压力，没有处于生活的旋涡中，或者处于危机之中，完全没有。

我告诉他我的研究，一个人的研究，以及和托马斯一起做的研究。我说我什么都考虑过了。让我进入“11月循环”的原因可能是任何事物：一次烧伤，一枚旧硬币，我手中的一本书，一只在波尔多从我身边飞过的海鸥，在前往巴黎的高速列车上产生的时间扭曲……任何事物都有可能。可能是我对托马斯的爱，可能是我坐在店里时菲利普和玛丽之间的紧张气氛。可能性无穷无尽，可能是压力或危机，如果你相信这种说法的话。但我不再相信简单的解释了，你可以找到一个又一个原因，但也许并没有一个具体的事件或一系列原因指向它。它就这样发生了。

亨利·戴尔看得出，他的解释和我的一样不充分。我们如履薄冰，只意识到我们的经历不同，解释不同，反应也不同，但我们陷入的是同一个怪圈。

他探望过儿子。他去过美国四次，尤其是刚开始的时候。他开始习惯于被困在11月18日的想法，一天早上，他从法兰克福搭乘飞机。他在新泽西州着陆，在机场附近过了一夜，第二天一早飞往锡拉丘兹[①]，也就是他所说的纽约州北部。他在那里租了一辆车，开往伊萨卡[②]，他的儿子和前妻住在那里。他已经在这座城市安顿下来，先是住在一家旅馆里，后来又住进了市中心的一栋空公寓。他说，有机会可以带我去那里。这套公寓够两个人住。它有一个面向花园的阳台，家具很简陋，但公寓窗户的上半部分有彩绘玻璃图案。你会喜欢的，他说。我已经跟他讲过科隆的马赛克和博物馆陈列柜里的所有罗马玻璃，它们都是透明的，充满了11月的气息。我想这就是他这么说的原因。

亨利坚持要详细讲述这一切。他描述了玻璃上的图案和色彩的变化，至少他尝试着这样做，而我则用细节来回应。然后，我们带着两套不同的颜色、灯光和感觉坐在那里，试图把它们扔进共同的池子里。

伊萨卡的天气很奇怪。树还是橙色的，地上有金黄色的树叶，但空气中却弥漫着冬天的气息，有一种锐利的感

①② 锡拉丘兹和伊萨卡都是美国纽约州的城市。

觉。他说，仿佛万物皆有秋意，而冬天则在万物之间。他认为我也会喜欢这种感觉。他很高兴能在这种模棱两可的氛围中徘徊。不仅是两个季节，还有不同系统和计量单位之间的交替。他只能不断地来回计算，这给了他一个立足点。他喜欢用盎司和磅、英寸和英尺来思考问题。①他很喜欢用上午时间和下午时间来划分24小时，好像一天由两套时间体系组成。他喜欢复式记账。当其他一切都需要重复计算和来回转换时，11月18日的重复就变得不那么奇怪了。偶尔阳光从房子的窗户洒进来，他感到很自在：上半部分色彩斑斓，而下半部分则近乎纯净。

他的日子充满了这种双重性，不是分裂，只是双重，他很快就适应了。他说，即使是为人父母的失衡也变得可以承受，但这并不容易。

他抵达伊萨卡的第二天就给前妻打了电话。她显然很恼火他打扰了她一整天的计划。他声称自己发了一封邮件，但她显然没有收到。他建议她检查一下收件箱中的过滤器，也许他的邮件被过滤到了垃圾箱，但在此之前，她同意让他下午去看他们的儿子。她说，她更希望这周重新

① 盎司、磅、英寸、英尺均为英制单位。

找一天给他安排，但他认为，如果是她的过滤器把他的邮件过滤掉了，那么就安排在今天也是合理的。

下午2点，他去幼儿园接儿子。他说，这是一所精英幼儿园，有出席要求，必须等到2点才能接，因为他儿子那一天不能请假。他们有一个项目他必须参加，是双语者的语法项目。

我说我也希望有人教我双语语法。不过也许我不应该这么说，所以我们很快转移了话题。

亨利和儿子一起度过了一个下午，晚上他带着前妻和她的新男友去镇上的一家餐馆吃饭。他们没有注意到他变了。但那也是在他留头发之前，他说，当时他又拿着松紧带坐着，把头发盘好。很明显，他还没有完全适应。正如他所说，他是另一个人，但他对成为另一个人感到不安。当他谈到第一个人时，他只得不断地接触另一个人。

大多数时候，他下午都和儿子在一起。他买了一辆车，开车在附近转悠，一个人或和儿子一起。最初几天，他睡在车里，但几天后，车就停在了家门口的马路上。

亨利·戴尔在美国待了很长时间。他进入了一种生活节奏。他通常早上打电话，约好下午2点去接儿子。最后，他回到了欧洲，去了德国和挪威，有时秋天过够了，他还会去南方。在奥斯陆，他整天待在大学或市中心的公寓里。有时，他也会去其他地方探亲访友：他去离奥斯陆几个小时车程的小镇看望母亲，他去看望久疏问候的朋友，他还去北部某个小镇看望亲戚。他坐火车去卑尔根，和我在冬季结束时坐的是同一车次火车，但出发时间显然不同，因为他的火车很快就到了。他说，这是一条经典路线。所有游客都乘坐这趟列车。他认为我的四季就是旅游，只不过是反向的旅游。我想融入四季不可避免的节奏，大多数人都想摆脱他们不喜欢的季节：太冷、太湿或太灰。我同意他的观点。这太愚蠢了。

后来他回到了美国，搬进了空置的公寓，给前妻打电话，不是每天打，而是经常打，说服她让他去幼儿园接儿子，和孩子待几个小时，当然第二天孩子就忘了前一天还见过父亲。

我听得出来，他很失落。和他儿子一起的时光只是在一个很大的伤口上贴了一片小小的创可贴。我问他为什么不一起去。他问我什么意思。我的意思是，他可以一开始就去美国，和他们一起搬家。他就不能留在美国，跟着他们吗？他心里怎么放得下自己的孩子？

他认为自己没有放下自己的儿子，他只是被自己无法控制的环境困住了——无论多么想改变他都无法改变的环境。我说我不明白，亨利说我应该明白。我不知道自己为什么会这么固执，因为我通常都不会坚持己见，但我这次却固执地坚持。就好比他本来可以坐上这趟“火车”的，即使只是买一张站票，只不过是让别人决定方向还有速度。但现在他只是跟在“火车”后面，窜来窜去，却抱怨他改变不了环境。

“你自己相信吗？”他想知道我是不是认真的。不，我说，但你也不能让自己沉溺。我想，这总比困在你日复一日的重复工作里，被一节节车厢碾轧过要好。他不同意我的观点，自己已经溺水了，难道还能抓住一个孩子不放吗？他说，你必须成为自己的火车头，我开始尝试想象一个溺水的火车头。他说，你必须接受时间断裂的现实。我告诉他，他以前也这么说过。

他说：“当你找不到托马斯时，你做了什么？你待在附近，但这对你有什么好处？你坐在那儿监视他多久了？太久了，但你也没有留下。”幸运的是，就在这时，我们的谈话被街上的喧闹声打断了。

当时正值午后，我们在莫勒咖啡馆坐着聊了好几个小时。我不知道自己为什么坚持让他和孩子在一起。也许我只是想知道，他是打算很快再次离开，还是想多留一会儿。

几个小时后，当我提出这个问题时，他说他会留下来。他可能会回伊萨卡。他说，他会定期回伊萨卡，他在我们面前抛出了一个时间范围，很长的时间或者很宽的时间，一个我无法想象的时间段和时间间隔。但现在他就待在这里，如果他离开了，还会再回来的。他是这么说的。他认为我迟早会回到托马斯身边。我不确定。

打断我们谈话的是咖啡馆外街道上一群喧闹的球迷的声音，他们显然是要去看当天的足球比赛。当他们手拿啤酒罐，身着主队队服从我们身边走过时，我瞥见其中一个路人很像偷我自行车的小偷儿。我站了起来，但还没来得及绕过桌子走到门口，队伍就已经走过去了。在后面，我看到另一个很像偷我自行车的贼，有一瞬间我准备跟上去，但又放弃了。我赶紧向亨利解释了情况，但他认为跟在后面没有意义。有太多人长得像偷车贼了。我同意他的看法。现在没关系了，什么也没发生，我边说边把之前只是顺带提及的整个故事说了出来，这次我还说了一些细节：自行车嘎吱嘎吱的声音，包被粗暴地推搡了一下，差点儿让我摔倒，以及第二天包又神秘地出现了。还有我在维森威格大街上跑的时候，我以为我又看到了那个小偷儿，但为什么会是偷我自行车的那个贼呢？我拿回了我的包，其他的都无所谓了。

我问亨利·戴尔是否看过足球比赛。他说，他对足球不感兴趣。我说我也不感兴趣，但这些球迷是我在11月18日的第一个朋友，至少如果我忽略了挪威的珍妮特的话，也许还有那个货车司机。

他觉得我有一些奇怪的朋友，有醉酒的球迷、危险的出租车司机和提供羊肉卷的货车司机。亨利·戴尔说："你变得节俭了。"他用的词是"genügsam"[①]，还得翻译成英语，因为我可能没听懂。他说，你要学会少食多餐。我在回答之前犹豫了一下，因为我不觉得我的朋友们有什么不对，也不觉得在火车上买啤酒或分享打包的午餐有什么不对。我怀疑我的挪威出租车司机可能超速了，但我确信她没有故意让我们的生命处于危险之中。

"是的，人变得节俭了。"我说。我不知道他这话是否针对我。

① 德语。

第1195次

我们提出问题，我们分享经验，我们思考、反思和比较我们在11月18日的经历。我们谈论事物的不可靠性、夜晚的过渡、令我们感到惊奇的东西，以及与11月18日种种现象的微小斗争。

我们调查过电话的不可预测性。亨利每次到美国，都会买一部新手机，以便与前妻联系。如果他经常使用手机，并把它放在身边，手机就能保持很长时间的畅通。有时，通常是在他忘记保持手机激活状态的情况下，手机就会没电，他不得不让手机起死回生。出问题的原因时有不同，可能是卡需要更换，可能是电池问题，也可能完全是其他问题。他说，如果找不到故障，他就会买一部新手机，或者更倾向于买一部二手手机，因为他注意到二手手机通常能用更长时间才会黑屏。

他说，距离他上次拥有一部手机已经过去很久了。他也很久没有去看儿子了。他已经很久没有保持联系的冲动了，但现在他还是在公园后面的一家小店里买了一部手机，我也找到了我搬进公寓前买的那部手机，并重新修好了。我们一直保持着联系。一开始，我们站在公寓的两端，互相打电话，确保电话能正常使用。就像孩子们玩耍一样，我有了一个玩伴。我还在市中心的一家钥匙店配了一把公寓的钥匙，并向亨利解释了房东的行踪规律。我拉着他在附近转悠，有时还把他拉到罗马人的世界里，拉到城墙后面，拉到他们的集装箱里，拉到所有其他人身边。我坚持要给他讲城市和房屋，讲衣服和鞋子，讲下水道和垃圾。我给他讲装满铜和锡的古老沉船，在海底发现的双耳瓶、罐子和雕像，以及计算天气和行星运动的奇怪仪器。这些都是被历史抛弃的东西，从地下挖出来的东西，从海里打捞上来的东西，或是穿越时空的东西，是历史旋涡中的残骸。

我在这些洋流中航行。我对这些东西没有放手，而这时亨利·戴尔上船了，他说他负责厨房的工作。他用商店里带回来的“垃圾”做饭。他把自己交给了所有的剩饭剩菜。他把它们切成片状，而我则坐在历史的海洋里钓鱼。

他说，他理解我对罗马人的兴趣。他说，罗马人让我们走到了一起，这并不奇怪。当然，还有一点儿巧合。我们都来到了莱茵河畔，来到了罗马帝国的边境[1]。我们都失去了未来，失去了19日和20日，失去了所有我们对未来的想象，失去了等待着却逐渐被抹去的周而复始的岁月。回到过去并不奇怪。他自己也是这样做的，也许一开始不是。但当他听了关于罗马人的讲座，了解到他们的供应线和进出口，以及为所有扩张和项目获取原材料的工作时，他意识到我们与罗马人的关系是多么紧密。事实上，他认为这是显而易见的。

我不确定什么是显而易见的，但亨利相信，任何仔细观察这个世界的人都应该对罗马人或罗马帝国的衰落感兴趣。因为普通人谁会怀疑我们其实就生活在与罗马相似的时代呢？我们其实是一群正在走向灾难的罗马人，我们的世界也已经快撑不下去了，正在濒临崩塌，就像当年的罗马帝国一样。在11月18日之前，他不是没有想过这个问题。但他说，如果你反复生活在同一天，你就不会有任何怀疑。

他说，这就是他的理解。任何停下来仔细观察的人都会意识到这一点。当然，我们并没有停下来。我们被拦住

① 奥古斯都将莱茵河认定为古罗马的北部边境。

了，但这让我们更清楚了。当你在同一天待得太久，你会看到所有的裂缝，再也无处藏身。我们停在一个正在断裂的时代里。欧洲正在迅速衰落，这是西方的末日。谁能想到，我们其实在追随罗马人的脚步，而且谁又会想知道到底是什么导致了罗马人的灭亡呢？

他说，看看你的周围，一切都分崩离析了。这些事情时有发生。很显然，他是认真的。我们正处于崩溃之中，而且他已经理解了我对罗马研究的机制。与罗马人打交道只是一种自然而然的方式，以应对我们正在向西方世界挥手告别这一显而易见的事实。Goodbye, auf Wiedersehen, ciao, adieu。[①] 晚上好[②]，夜晚之国[③]。

我说，也许所有其他已经消失的帝国和大国也是如此。它们兴起过，繁荣过，又崩塌过。为什么要研究罗马人呢？研究所有其他国家也同样有意义。我说，再庞大的帝国总有一天也会崩塌的。历史总是这样前进，也许现在该轮到我们了。

也许他是对的，也许我们的世界只是又一个这样的世

---

① 分别是英语、德语、意大利语、法语的“再见”。

② Buona sera，原文为意大利语。

③ 指欧洲，这里是一种诗意的说法。

界：突然或一点点地解体和消失，国家内部受到来自外部或内部的攻击，或解体或与其他国家合并。迟早有一天，一些东西消失了，另一些东西诞生了。土地改名了，房子换了主人。

我们坐在厨房里。也就是说，我坐着，亨利站在厨房的桌子旁。他在超市里发现了两根有些枯黄的茴香，他认为这两根茴香已经老得可以被称为垃圾了，但仍然属于可以食用的新鲜程度，现在他正用刀切茴香。他把米放进锅里，把火调得很小，他确信我对这个故事的兴趣一定和他一样源于此。

我不以为然。我说，我对罗马人感兴趣，但我从未真正对历史——政治的动荡、大国的崩塌感兴趣。我对权力斗争、战争和叛乱不感兴趣。我不是在寻找联系和解释、因果关系、权力的运动、历史的双翼。我从未对历史的模式、发展动力和必然性、时期和浪潮、伟大和衰落感兴趣。我曾对罗马人的止步不前感兴趣，但我认为这不是一回事。

我说，一直都是那些东西——文物和材料。我对这些找出来的东西感兴趣，几个世纪以来被磨损的东西。我不太明白为什么，但我一直有这种感觉，我说。至少我是这么想的。

在11月18日之前，我感兴趣的是书籍，后来开始对罗马人的东西感兴趣。我在罗马的门前进进出出，但我感兴趣的是那扇历史的门。到处散落着门把手残骸、铰链、金属碎片、玻璃碎片、石块、水泥、烧焦的面包、一截鞋底——在我四处奔波之后，我仍然只对沿途掉落的东西感兴趣。

我向着四面八方前行，看着罗马人遗留的各种各样的物品，那些随着历史的车轮滚滚向前而埋在地下的东西——烧焦的谷物碎片、罐底残留的油脂、尚未烧制的泥板和装泥板的篮子。我降落在历史的大容器里，里面装满了罗马人的遗物。它们并不是一开始就代表着过去，当它们挣脱历史的束缚，踉踉跄跄地穿越几个世纪，落在我们脚下时，它们就变成了过去。如果我开始关心起点和终点、阴谋和因果关系、赢家和输家，我就无法继续前行。我感兴趣的不是战争的结果这种宏大的叙事，而是士兵制服上的纽扣、鞋子和路边的小木屋。我在历史的长河中徜徉，观察着战争的进程，但我总会为一条面包、一栋建筑或一个玻璃杯驻足。

我从亨利那里看出，他不太明白我要去哪里。我也不知道，但我还是继续往前走，而亨利则在试着判断米饭和茴香放在一起算不算是一顿饭，还是少了点儿什么。我觉得还不错，我不觉得少了什么。

我说，但我一直以为那是历史。我以为这就是古罗马硬币把我引向罗马人时发生的事情：它让我突然对历史产生了兴趣。但事实并非如此。让我感兴趣的不是历史事件，也不是历史是如何书写的，或是诸如此类的东西。真奇怪。

亨利已经切完了茴香。他收起了刀，从橱柜里拿出几个盘子。现在，他坐在餐桌旁，等待着炉灶上的米饭煮熟。

他认为我对历史不感兴趣并不奇怪。他说，历史从未对你感兴趣。我说，这说法很奇怪。但他是认真的：我为什么要对历史感兴趣呢？历史大多由男人书写，为男人而书写，书写男人的世界。它讲述的是国王、皇帝和指挥官，还有他们的成就和失败。讲述的是男人的决定和行动，他们行动的后果，以及他们对自己行动的解释；讲述的是关于历史的法则、法则的精神和精神的冲动。诸如此类。他能理解我为什么对这些不感兴趣。女人们多数被安排在后面的站台上、封闭的车厢里、轿子上、塔楼房间里、边车里、餐具室里，或在厨房给男人做饭。我怎么可能会关心历史？

我问他是否相信这个解释。他起身从抽屉里找出刀叉，而我则从桌子上取走我的书，拿了两个杯子和一壶水。亨利犹豫了一下。他把煎锅放在炉子上，开始炒饭。

他的意思是这样的吗？他认为我与历史的关系可以用我是女人这一事实来解释？关于他的故事和她的故事？[①]被遗忘的女性的历史？历史是男人和权力的历史？历史是关于重大战役和重大决定的？我对历史不感兴趣是因为它与我无关？或者是关于某个女人的世界就是我的世界？

他说，他不是那个意思，但他仍然认为，当历史从来都不是为女性而写、由女性来写或写关于女性生活的时候，我一定会觉得自己被历史遗忘了。当我们甚至没有机会书写那些真正改变了世界进程的女性的故事时，我一定会觉得自己被历史遗忘了，或者觉得自己只是作为一种附庸，就好像当火车即将开动时，妇女是最后被拉上车的乘客。

但如果他是对的，我想我也应该对女人的事情感兴

① 原文为英语，“his-story”和“her-story”。

趣。如果我只能对妇女的历史感兴趣，他一定认为我只能对妇女的东西感兴趣。难道他认为我对事物的兴趣仅限于发卡和锅盖？

亨利又试着解释了一次。他的意思是他能够理解我的质疑。我说，我不理解他能够理解这件事。这当然不是实话，因为我完全明白他的意思，但我还是坚持。我应该对哪个女人的世界感兴趣？土耳其海岸的海底发现的一艘青铜时代的沉船，难道更应该是他的故事（his-story）而不是我的故事吗？一千磅的铜和一百磅的锡本该用来制造船只、武器和斧头，难道这才是真正的故事，然后再把剩下的几磅交给女人，用来做发卡和汤锅的三脚架？

那么，什么时候某件事才会变成她的故事（her-story）？是不是只有当船带着原材料和金属抵达港口，当金属被运输和加工后，当从船中运出来的是发卡、锅盖或者厨房里的其他东西，历史才成为女性的故事？他是否也认为有两段历史：一段是有着战争和法律，有着思想和政治决策，有着伟大的功绩、武器、船只运输、斧头和剃刀；另一段是有着发卡和厨房用具，有着孩子的出生和啼哭，也许还有角落里的织布机？

我不知道我为什么要坚持这样的想法，因为我通常不坚持，或者有时候我想我坚持了，因为我突然在脑海中看到了：我们在那里，两个人在一条船上，在茫茫大海中，我不知道我们要去哪里，但他突然站在那里，拿着一把锯子，把我们的船锯成碎片。我说，我以为我们在同一条船上，现在他开始锯了，但我觉得他并没有听进去，事实上他也没有锯，他正端着一锅炒饭和茴香，把热腾腾的饭菜分装在两个盘子里，端到餐桌上，但我还是继续说了下去。

我说这是我们共同的历史，我们一直在分担劳动。别跟我说女人没打过仗，男人没擦过地板。我说，历史上有很多女间谍和男管家。女人也可以是猎人和农民。他觉得有多少动物是被女人设计的陷阱捕获的？在漫长的岁月里，女人翻过多少动物陷阱？陷阱和刀应该是女人的历史还是男人的历史？他觉得妇女收获了多少谷物？收割工具应该是男人的故事吗？谁知道有多少罗马玻璃杯是女人吹出来的？男人可以是修道院里的护士，女人可以是战士，尽管在她们的坟墓中发现武器时，她们的骸骨往往被认为是男性的。男人也可以擦拭宫殿的门把手，或烘烤罗马面包。

好像人们可以把珀涅罗珀[①]编织的地毯与奥德修斯[②]的旅程分开，好像人们甚至可以想象没有女人的男性历史。我问，如果荷马[③]没有在织布机前帮助他的母亲，如果他没有看到梭子的运动、颜色的变化以及最后完成的布匹，你真的认为他会以这样的方式编织他的故事吗？谁给荷马讲的第一个故事？如果孩子们小时候听到的故事都是女人讲给他们听的，我们又怎么知道哪些故事是男人写的呢？第一位讲述历史的人，应该是一位女性。我说，大家都知道这一点。但他不知道，他说。他往我们的杯子里倒了水，我勉强喝了一两口，然后不得不承认我并不知道她的名字。

亨利基本上只是想了解我与历史的关系。他说：“你

---

① 奥德修斯的妻子，在丈夫远征特洛伊失踪后，拒绝了所有求婚者，一直等待丈夫归来，忠贞不渝。

② 又译名“俄底修斯”，古希腊神话中的英雄，对应罗马神话中的尤利西斯。奥德修斯是荷马史诗《奥德赛》的主角，在特洛伊战争中献计，攻克了顽抗十年的特洛伊。在特洛伊战争结束后，奥德修斯在海上漂流十年，部下死伤殆尽，经历无数艰难险阻终于返回故乡，与妻儿团聚。

③ 古希腊盲诗人，代表作是史诗《伊利亚特》和《奥德赛》，在很长时间里影响了西方文化和伦理观。

为什么会对罗马人感兴趣。”他说历史对我不感兴趣，或者对女人不感兴趣，并不能说明什么问题。我们一直都在那里。我不喜欢他把世界分成两堆，我们每人一堆，而这个世界充满了共同的东西。玻璃的历史，金属的历史，从一个地方航行到另一个地方的船只的历史，森林的历史，人人都吃的食物的历史，用来制作衣服的兽皮和织布的历史，羊毛和用来染色的植物的历史。我说，谷物的历史是共同的。如果有共同的历史，那就是谷物的历史。皇帝与他的法令，阿诺娜与她的容器，一切都交织在一起。权力、生育和谷物的分配，语言和故事，一切都经过男人和女人的手。男人的思想经过女人的头脑，女人的思想与男人分享，男人又把思想传给男人，男人又与女人分享。他们通过彼此过滤这一切。我不明白他为什么要分裂世界。“世界是交织在一起的。”

我们坐在桌边，饭快吃完了。看得出来，我东拉西扯，我的说法至少和他一样语无伦次。我不知道他是觉得受到了攻击，还是乐在其中，但我觉得他已经在邀请我跳舞了。

我们坐在餐桌旁时，亨利一直在研究他的盘子，研究得太仔细了。我们俩把各自盘子里的东西差不多都吃得干干净净。他的盘子是深蓝色的，盘子边缘有一个缺口，而我的盘子是白色的，盘子上有淡蓝色的花纹，没有缺口。显然，他把白盘子放在我面前是因为它最漂亮。我告诉他，我知道他是想表达善意，想表示他已经接受了吃垃圾，以及他邀请了一位女权主义历史学家进屋。我说，我不想忘恩负义。我看出来了，他是想通过爬到我这边的篱笆来向我解释我的世界，但我以为那是他自己筑起的篱笆。

他被我的构想逗笑了，开始说什么我必须做出选择，决定他到底是在茫茫大海中锯船，还是打算筑起篱笆。这时他突然皱起了眉头，低头看了看自己的盘子，又看了看我，然后把盘子推到桌子对面，指了指残留的食物。他把米饭推到一边，这样我就能看到蓝色盘子里一粒稍大的米粒。它呈一个小拱形，拱形里面有一串像腿一样的尖刺。没有脚，只有尖尖的小腿。过了一会儿，我又发现了两粒奇形怪状的米粒。现在，我还能在自己的盘子里看到一些米虫，尽管盘子的颜色让它们几乎显现不出来：我们吃的是米虫，或者不知道是什么。这些像小虫子一样的东西显然是住在米袋里的，煮熟了却没有露出来，如果亨利没有从橱柜里拿出蓝色的盘子，我们可能根本就看不到它们。

这包大米是我很久以前买的，记不清是什么时候了，但在亨利搬进来之前，它就一直放在我们厨房的橱柜里。

我们把剩下的食物倒掉，把盘子洗干净后，亨利想知道我是否认为罗马人就是这样看待黑麦的。他们觉得黑麦不好吃就像我们与米虫等虫子的关系一样。因为什么都没发生，这些虫子并不危险，只是我们不喜欢吃这种东西。

我说，也许吧，但实际上黑麦是有毒的。我必须更详细地解释一下，于是我向他介绍了雅尼塔·翁的那本新书《有毒的脓疱》①。这本书讲的是法兰克王国②的黑麦种植，因为西罗马帝国灭亡后，法兰克人接管了相关事宜。黑麦在欧洲大陆东部和北部传播开来，在那里，其他谷物在凉爽的气候下产量不高，而现在黑麦进一步向南传播，因为法兰克人吃黑麦，并将黑麦种植深入到欧洲。翁表示，由于小麦不再从外部供应，黑麦有助于避免饥荒，如果没有黑麦，法兰克帝国几乎无法生存。问题是，吃黑麦的人可

---

① 原文为英语，*Noxious Pustule*。

② 由日耳曼人的一支——法兰克人在西欧建立的封建王国，后来分裂成西、中、东三个王国，分别是现代法国、意大利和德国的雏形。西罗马帝国灭亡后，法兰克人趁机拓展地盘，并且击溃了西罗马帝国在高卢的残余势力，占领了高卢地区。

能会因为谷物而生病，因为谷物上可能会长出一种黑紫色的脓肿，这是一种由真菌导致的疾病，这种真菌的拉丁语名为*Claviceps purpurea*。有毒，可能让人患上麦角菌病。

但当时的人们并没有意识到是黑麦中的毒素让他们生病的。他们称这种疾病为“圣·安东尼之火”，成千上万的人因此丧命。病人发疯，手脚烧伤，孕妇流产，皮肤麻木，等等。当时的报道是很多人罹患了一种会跳舞的病，而修道院里的僧侣能够治愈这种疾病。至少有时能治愈。在修道院里，人们通常吃的是小麦，但没人知道是因为吃的谷物不同才会出现不同的结果，他们只以为是僧侣和他们的祈祷起了作用。

雅尼塔·翁描述了发现谷物中有毒物质的漫长道路。几百年过去了，人们试图解释这种疾病，但总是与罪恶、上天的惩罚和魔鬼的作为有关。人们不会把注意力放在谷物上，如果他们怀疑自己吃的食物，往往会联想到有人做了坏事，食物受到了诅咒。一切都归于意志，邪恶的意志和善良的意志，翁说。而没有人会觉得疾病其实源于自然界的有毒谷物。

奇怪的是，人们以前就知道这种病。亚述人用楔形文字在泥板上记载了玉米病：谷物上长出有毒的水疱。波斯人说过会导致妇女流产的毒草。这也难怪罗马人只想食用小麦。这个故事已经被遗忘了，直到17世纪，关于上天的惩罚和魔鬼的作为的解释仍然存在。或许，这种疾病与女巫审判之间还存在着某种联系。无论如何，翁能够引用一些挪威研究人员的话，他们发现女巫审判与麦角菌病暴发之间存在关联。女巫和一些受其巫术影响的人都有与之相符的症状：出现幻觉、四肢灼热和皮肤麻木。有几位女巫说，她们是吃了面包才有了巫术的。她们遇到了奇怪的生物，面前也常常出现魔鬼。在北部的芬马克和南部的罗加兰都曾发生过审判女巫的事件，因为芬马克的贫民一直吃的都是劣质谷物，而罗加兰的农民则在潮湿的田地里种植黑麦。

亨利耐心地听着，但还是有点儿怀疑。他从未听说过巫术和有毒的黑麦之间有什么联系，尽管这基本上是他自己的故事。我说我不知道这是不是真的，我也不知道女巫的故事是他的还是我的。亨利说，也许我们只是进入了一个无法摆脱的怪圈。

那天晚上，我上床准备睡觉，亨利坐在沙发上看书时，我床边的电话响了。电话是亨利打来的。他只是想确认我们的电话还能用，电话还能接通。

我说，通信正常。他很高兴。他说，这都是为了保持对事物的关注。他想过这个问题。因为如果我们和中世纪的人们一样走错了路，相信一切都是上天的旨意和魔鬼的杰作，相信巫师和圣人可以伤害人也可以治愈人，那该怎么办？如果我们试图解释历史事件的努力也同样愚蠢呢？我们动过解释的念头。我们想象国王和皇帝、指挥官和政治家、政客和将军，以及伟大的天才所做的决定有助于控制世界的进程。但这不是同样愚蠢吗？为什么我们认为将他们的历史作为世界事件的解释是有意义的呢？或者在同一个故事中加入一长串女王、皇后、女科学家和女政治家？

如果事物有这种力量呢？如果我们和我们的祖先一样，不善于看到眼前的事物。如果是事物让世界运转起来，比如玉米穗上的紫色疖子、鞋里的一块石头、一块在烧制过程中裂开的泥板、一部能用或不能用的手机、风或雨，诸如此类的事情。

我笑了，说我太累了，没时间思考。我说，我很高兴在11月18日有一个玩伴，而且我们可以在不同的房间里玩手机。过了一会儿，我们互道了晚安，挂断了电话。今早醒来时，我们谈论的主要是米虫，以及厨房抽屉里的面粉和粗磨粉。

第1245次

我们逐渐习惯了彼此的存在。我们会一起在城里散步，一起争吵，一起做饭。我认识亨利·戴尔已经有一百多天了。有时候我觉得我开始理解他了。当你开始理解一个偶然出现在你客厅里的人时，那种感觉很奇怪。这不再像是在医院里短暂的停留。这不是两个病人之间的短暂接触，我们也不是因为一种可以通过手术切除的疾病而住院。如果我们需要帮助，没有铃可以按，没有绳子可以拉，也没有人可以帮助我们。没有医生，没有药物。但我们已经习惯了这种想法，我很少会让自己的目光飘过墙壁，看看是否有出路，是否有一个变化、一个标志，或一个如果需要帮助就可以伸手去够的高处的钩子。

或者说，有时我想给托马斯打个电话，请他来杜塞尔多夫。也许还可以谎报理由，免得马上把他吓跑，但亨利觉得这不可能。我跟他提起这件事的时候，他说他已经试过了，然后他告诉了我玛莎·阿特林斯的事，她是他的一个同事，本来应该参加他的会议的。

他们以前见过面，并约定在会议上再见面。他一直期待着见到她，这种感觉是相互的，但玛莎却在不久前取消了会面。她的前夫在17日突然有一个重要的会议，所以他们的孩子不能按计划和他在一起，她也取消了会议。这几天亨利一直在劝她来，但她认为这太复杂了。她住在德累斯顿[1]，所有与带着孩子和交通有关的计划都太麻烦了。

亨利在11月18日待了很久，才决定去看望她。上次去伊萨卡后，他感到不安，他想念儿子，但再去一次又没有意义。他开始觉得自己像变了一个人。他的头发长了。他相信时间会纠正自己的错误，但这种信念早已消失殆尽。他说，他希望玛莎·阿特林斯会喜欢另一个人，他已经变成的那个人。她确实喜欢。

他去了德累斯顿，在城里住了几天，住进了一家旅馆，买了一部手机，一天早上他给她打了电话。她正在去大学的路上，她和他一样都是社会学家，但她18日没有课，也没有会议，因为她本该在杜塞尔多夫。前一天晚上，她把孩子们送到了孩子的父亲家，本打算写一篇文章，但当亨利出现时，她却没写多少东西。他们一整天都在一起。他们出去吃饭，回到她的公寓，度过亲密时光，第二

---

① 德国东部仅次于柏林的第二大城市，位于柏林以南。

天早上醒来，他向她解释这一切。先是一个早晨，然后是另一个早晨，又是另一个早晨。他说，你知道是怎么回事。

每天早上，她见到他都很高兴，不知怎的，他也不知道是怎么做到的，在她真正醒来之前，他就向她解释了情况。当他告诉她18日的事时，她相信了他，起初还有点儿犹豫，但她并不难被说服。有太多迹象表明他说的是实话。

几天后，他们说好去柏林。清晨，他们乘坐玛莎·阿特林斯的汽车向北驶去。他们在一个小镇停下来吃午饭，然后在城堡公园里散步，那里有人正在用木箱包裹花园里的雕塑。男神、女神和奇怪的小矮人被包裹在像直立棺材一样的东西里，这样他们就可以完好无损地度过冬天了。

在柏林，他们住在一家旅馆里。他们围着毯子坐在酒店屋顶的露台上。他们去过一家艺术博物馆，站在一幅名为《青春之泉》的油画前。这是克拉纳赫[①]的画作。有一天他想给我展示这幅画。画上有一群身着灰色和近乎绿色衣服的年老体衰的妇女，正要走下画面左侧的水池。她们或被抬到水边，或被用手推车推着，或弯着腰向水里走

---

① 德国画家和雕刻家，也是德国文艺复兴的领袖艺术家之一。

去。但是，在水中，这些老人的身体已经改变了颜色和形状，变得更加年轻，在画面的右侧，颜色变成了金色和红色。金发碧眼的年轻女子从水中升起，穿戴整齐，准备参加派对。

当他们站在那里时，他曾以为事情恰恰相反。他已经进入了老年之井。他在一天天地变老。他想，如果这样继续下去，他就会慢慢变成一个老人，而玛莎却还是老样子，就像公园里的雕塑一样，不受时间和风霜的侵蚀。他还觉得自己很幸福，因为他们就站在那里，因为他们在一起，尽管他们之间的距离越来越远。

第二天早上，当他们醒来时，一切都崩溃了。她是被一套东西弄醒的，她环顾了一下房间，没有认出他来。她看着他，仿佛他是一个罪犯。在一个陌生的房间里和一个她不认识的人一起醒来，这对她的打击太大了，以至于他花了很长时间才让她相信他是谁，而且即使他最终向她解释了一切，她的信任也荡然无存。亨利说，她感觉自己再也无法信任别人了。他永远不会忘记她看他时的眼神，眼神中满是不信任。

在他解释了情况之后，她说他本可以自己思考一下的。他本可以自己考虑一下，当她在一个陌生的房间里醒来，和一个她不认识的人在一起时，她会是什么感觉。就好像她被人下药绑架了一样。

他告诉她是她开的车，她自愿和他一起去的，但她不认为是这样。他知道她不会记住的，她会在一个她没有决定要去的地方醒来，她是不是自愿去的，她不确定。当然，她意识到消除自己记忆的人不是他，但他知道记忆会被消除。她不想留在柏林，她想回去。

过了一会儿，他们发现她的车不见了，亨利建议他们坐火车回德累斯顿，他帮她写还没完成的那篇文章。这几天他们讨论了好几次这篇文章，他记得他们谈论过的大部分内容。当他们回来时，玛莎已经从惊吓中恢复过来，汽车也停在他们前一天取车的地方。

我把和丽莎的谈话告诉了亨利，说她想和我一起完成那次旅行。他说她可能最后也会放弃。他和玛莎一起写了一篇文章，但第二天就漏洞百出了，尽管他们把它打印出来放在床边。奇怪的是，玛莎写的一段话还在完成的文章里，而他根据她在回来的火车上提供给他的一篇文章写的一段话却不见了。他认为丽莎假如当初和我一起旅行，可能也不会走得太远。

亨利又在玛莎家住了几天，但一切都不一样了。他开始变得焦虑不安。他觉得随时会再次得不到她的信任。他曾以为，他们早上一起醒来时，他是她感到安全的原因，是他们之间的特殊联系帮她克服了夜晚的遗忘，他们萌芽的爱情。但也许根本不是他的原因，也许只是回家的感觉。她在这间公寓里住了很多年。每天早上，她和她前夫都在同一间卧室里醒来。她的孩子在那张床上爬来爬去，那是一个让她感到安全的房间。他觉得自己像个傻瓜，因为他以为是他创造了早晨的信任感，而实际上是墙纸、窗帘和她对房间里许多个早晨的记忆。他不再相信自己已经战胜了他们之间的所有日子。但每当想起她，他还是会感到一丝幸福。

我想更多地了解玛莎·阿特林斯，亨利想更多地了解托马斯。谈论爱情是件好事。我们谈论玛莎和托马斯，就好像在某个地方还有未来一样，就好像还有更多的未来一样。

第1344次

与亨利·戴尔共度的第200天。我并不是说我们的生活总是一帆风顺，但我们也有开心的时候，我们也经常开怀大笑。

这是一个简单的世界。我们吃垃圾，谈论爱情和失落的帝国。我们谈论的大多是过去。每过去100天，我们都会庆祝。明天是我们在莫勒咖啡馆相聚并跳起奇怪的重逢舞蹈后的第200天，我们会举办一次派对。明晚我们将在街对面的希腊餐厅用餐。

我已经不怎么写东西了，偶尔写写便条，并不是所有的东西我都打印出来，有时我开始写一天或一次谈话，但我被打断了，或者我打断了自己。这已经不那么重要了，因为我们有两个人要记。但我们会聊天，数日子。时间流逝的速度加快了，日子一天天过去。我们有分歧，我们争吵，我们调整，然后校准。有时，我们的谈话就像我们还在医院，很快就要出院。好像我们可以互相帮助，好像我们还没有找到出路。

亨利每天拿着一本书。他每天晚上都会写一两句话，现在他开始问我他该写些什么。我上床睡觉后，他在沙发床上给我打电话，好像他需要把我带到第二天。他问我们度过了怎样的一天：美好的一天，明智的一天，还是我们宁愿忘记的一天？他问什么值得记住。第1322天是美好的一天吗？第1334天，我们走在陌生的街道上吗？今天我们说的最愚蠢的一句话是什么？笑的理由是什么？我们吃虫子了吗？

他说，这让他想起了儿子的幼儿园。每当他去接儿子时，总要准备一些小礼物来纪念这一天，理由是——今天我们烤了蛋糕；今天袜子湿了，但又干了；今天我们在雪地里玩。

现在他问我今天过得怎么样，好像每天都有自己的故事。当他谈到他的儿子时，我能听到他声音里的渴望，但现在我能听到他已经睡着了，隔壁房间传来微弱的鼾声。今晚他写道：平静的一天，没有欢笑，没有米虫，只剩下希望。

然后我觉得该轮到我写了，因为他写的是真的，有时感觉希望又回来了。

第1347次

亨利还是剪了头发。他正在去美国的路上，为了得到认可，他剪了头发。他不想在见到儿子时变成另一个人。

他不知道什么时候回来，但他有钥匙，如果我不在，他就住在这里等我回来。他确信我会回到托马斯身边。他说，迟早的事。

前天，我们在街对面的餐厅庆祝了我们的200天纪念日。我们谈到了未来。我们并不经常谈论未来，但当我们谈论时，通常是因为我们在谈论离开，朝着相反的方向。这就是我们谈论的话题：我们在一起的生活让我们觉得缺少了什么，不是因为我们不喜欢在公寓里的日子，在一起的日子，我们在一起的200天。值得庆祝的是，我们遇见了彼此。有一个派对，但它也是一个告别派对。

我们走进街对面的餐厅时，其他客人都已到齐。一对热恋中的情侣坐在角落里的餐桌旁，一对年长的夫妇正在点甜点，与穿白衬衫的男孩一起的小伙伴们正在愉快地聊天，他们的主菜早已上桌。在隔壁的一个房间里，还坐着一个刚到的小伙伴。亨利和我第一次来维森威格的餐厅时，比我平时来得晚了一些，但亨利坚持认为今天应该是个值得庆祝的日子。我们花时间打扮了一番，并在出发前为我们的200天干杯。为我们在一起的第二个“centium”[1]干杯。是亨利认为100天应该叫作“centium”。现在，我们可以一次谈论100天，一个有间隔的时间，我们可以迈着长长的步子回到我们的11月18日，我们可以制订远大的未来计划，而不必计算天数或规定太多。我们可以谈论好几个“centium”后会发生什么。我们可以谈论离开这里和再次相聚，就好像我们的未来就在前方。

在餐厅里，我们点菜时没有像往常一样注意厨房的资源。亨利认为，11月18日值得庆祝的事情实在太少了，所以我们应该有风格地庆祝第二个百日的结束，如果我们用掉了一点儿我们的世界，这一定是可以忍受的。

我们边吃边聊，聊到了我们在11月18日的许多日子。我曾多么希望有月份和季节，而亨利去理发店的次数又是如何在他的时间中划出自然的间隔。直到他停止理发，让时间在不理发的情况下继续流逝。但现在，我们有了百日，我们有了可控的时间间隔，我们甚至不必谈论年、月

① 拉丁语。

或季节，我们不必说今年夏天再见，但我们可以说一两百日后再见。

然而，我们讨论邻桌的男孩时，我们还是聊到了年岁。他多大了呢？亨利说，大概9岁，或者10岁，比他儿子大。但如果他的儿子跟得上我们的时间，也许也不会比他儿子大多少。我们在18日待了将近四年。如果他儿子能跟上时间，现在就已经9岁了。

我们坐了一会儿，听着他们的谈话。同桌的男孩问看起来是他父亲的人能不能吃甜点，他允许了。同桌的其他人都不想吃甜点。大多数人想喝咖啡，过了一会儿，大人们的咖啡来了，小男孩的一小碟蛋糕和一大份冰激凌也来了。

我在打造四季之初就想到了气象学家的儿子。当我的11月变成12月的时候，我告诉亨利，并开始给他讲那个男孩和圆点浇水壶的故事，但亨利显然无法集中注意力，因为餐桌上的男孩让他想到了自己的儿子。

小男孩本来还试图像一个大人一样与其他大人交谈，但见到甜点时还是像孩子一样迫不及待。一看到那一大份甜点，他从座位上跳了起来，亨利看到他的急切心情之后如释重负，因为他觉得刚刚那样一个彬彬有礼的孩子有点儿吓人。

很快，冰激凌吃完了，男孩也累了，没过多久，他就靠在椅子上睡着了，靠着的那个女人一定是他的母亲，在一阵走动和晃动之后，男孩消失在桌布下，显然是睡得很沉，一半身体躺在椅子上，另一半身体躺在他母亲的腿上。在桌子上方，只能看到男孩坐过的地方有一个空盘子，还有一群成年人在喝咖啡，继续着我之前来访时听到的对话的开头。

我看到亨利偶尔会朝那张曾经坐着孩子的桌子看一眼。我问他是否想念儿子。他说当然想，一直都想。有时有点儿想，有时很想。现在是非常想。

过了一会儿，他说他看得出我想念托马斯。他看出了我的失落。然后，我们坐在餐桌旁，在那对老夫妇离开餐厅时，我们又想念了一会儿。他们不禁注意到了我们的沉默。也许他们经常这样坐在一起。他们认为我们是一对沉默的夫妇来餐厅用餐，我不知道这是不是件好事，但有另一个人一起想念也是件好事。

我们离开餐厅时，亨利说他马上就要走了。他想回到儿子身边。他确信我很快就会回到托马斯身边。我告诉他我不这么认为又有什么用呢？另外，我觉得我最想念托马斯的时候，就是他想念儿子的时候。我不知道这种思念是我自己的，还是我从他那里借来的。也许他想在旅行时带走失去的东西。

昨天，他去理发店剪了长发。他收拾好行李，今早去了机场。他不知道什么时候能回来，但我们说好，除非我们都死了，或者时间恢复正常，否则等再过100天，我们就在维森威格的公寓见面。亨利说，再过100天，如果有什么阻止了我们，我们一定要保持联系，要有能用的电话，要在一起。我跟他说一言为定。他说，无论发生什么。他说，这听起来很奇怪，就像儿时的朋友在约定，但如果只有我们能共同经历11月18日的循环，我们就需要彼此。

有那么一瞬间，我希望他能留下来。但100天很快就过去了。现在流逝的不仅仅是日子，还有等待。等待不同于日子的流逝。有值得期待的东西，而且有了专属名字之后，100天就不那么漫长了。

第1376次

亨利走后，我又恢复了第一次在公寓里的节奏。也不完全是，因为那是一种更轻松的节奏，一个更松散的习惯。我在一家咖啡馆开始我的早晨，不是每天都去同一家咖啡馆，我四处走走，然后我就进入一个地方。我打开门，房间里弥漫着烘焙和清洁用品的气味和声音，咖啡和茶的味道，还有精心摆放在椅背上或散落在邻座上的外套的气味。

有时，我去大学校园，和同学们聊天，只是简单的交谈、简短的提问，以及穿过走廊时的一个微笑。我去图书馆，从书架上挑选书籍，读完后把它们放在客厅或厨房的桌子上。它们往往会自己回去。

我以一种新得来的轻松姿态穿梭于这个世界。我并不孤单，我身边有人，托马斯就在某个地方，亨利就在某个地方，我想起了我的家人和朋友，我已经很久没有见到他们了，但他们就在某个地方。有时，我想联系儿时的朋友，或从布鲁塞尔搬到这里后就没见过的同学，但我犹豫了。我以前也想过，也犹豫过。我觉得我需要告诉他们发生了什么，他们可能不会相信我，我害怕这样失去一个朋友。

但我想起他们时，心中充满喜悦，这种喜悦伴随着我度过每一天，尽管我感到一种淡淡的渴望。渴望亨利或托马斯，渴望朋友和家人，渴望季节和时间的流逝，但这种渴望是松弛的。我怀念，然后释怀。我想着一切存在的事物，我认识的每一个人，我所见过的一切。我想到我可以去旅行的地方，想到我想去看的东西，它们并没有消失，我只是暂时放下了。

我采摘低垂的果实，我捕捉飘过的香味，看到一张张友好的面孔，过马路时突然绽放的微笑。有人打开商店的门，我追赶上去跟着对方一起进入商店。

这是一个开放的世界。我随便采摘，什么都不会发生，我并不会耗尽整个世界。这只是一种穿越世界的特殊方式，光线在屋顶间穿梭跳跃，我捕捉心情和声音。就像海滩上捡石头的人，弯腰捡起一块石头，看看它，再放回去。就像走在乡间小道上的人，用眼睛去采摘野花，而不是把野花带回去。我在路上用双眼采摘自然。

我环顾四周，总会发现很多东西。你采啊采啊，小路转弯的瞬间就会有更多的花草。大自然的丰饶已经蔓延到街道上。每个人都有足够的收获，你不会从任何人那里拿走任何东西。瞧，一位咖啡馆的顾客路过，从地上捡起了我的围巾。围巾从椅子上滑落到地板上，现在又挂在椅背上了。谢谢你，客人。

晚上，我静静地躺在床上，倾听声音。我听到自己的声音：我的呼吸声、床单的声音、床垫的声音。我听到电车和汽车发出的微弱嗡嗡声。如果我走到院子里，我可以听到欧楂树的声音，可以听到树枝和树叶的声音，可以听到果实掉落的声音，可以听到世界在静静地说“谢谢”[1]。天亮了，天黑了，天又亮了。这是会有人醒来的一天。

第1403次

再也没有什么声音令人感到不适。事物都有伴随而来的声音和不和谐的声音。它们有共鸣和回响。我在商店和咖啡馆里进进出出，我在人行道上洒洒水，我穿过街道，

① danke，原文为德语。——译者注

倾听汽车声和人声，声音或远或近，它们在空气中悬浮，然后又消失。我听到的声音有低沉的，有高亢的，还有的让一切都显得格外显眼。

有时，我会寻找新的声音。我去过音乐会，但不是只去一次，而是听完之后会再去，每次都有不同的声音：一种隐藏的乐器，一个在背景中展开的音符，一种我以前没有听过的特殊音色，一种意想不到的回声。

我在大学食堂里听到盘子和刀叉的声音，在教室里听到椅子和桌子的声音，今天我参观了一个长方形的房间，那里的声音几乎沿着房间的两侧延伸。

那是一位哲学家，他将谈论哲学在世界上的地位，我之所以看到告示，是因为我误入了我通常不会去的走廊。那是鞋的声音在引领我前行，那声音就像水和空气在柔软的材料中交战，那一定是鞋底漏气进水了。当我坐在食堂的一张桌子旁时，我听到了这种声音，我听着听着就站了起来，跟着那声音、那只鞋、那条走路的腿，穿过食堂，穿过大厅，沿着一条又一条走廊，穿过一扇扇门，最后走进了一个房间，门上贴着一张纸，是用法语写的，我跟着他走了进去，就在介绍哲学家的时候，我在一张桌子后面坐了下来。他身后有一块黑板，前面有几排桌子，桌子后面坐着零零散散的听众，我们一共有十二个或十四个人，但出席人数似乎并不让人担心，房间需要多少人，听众就有多少。

哲学家是一位年长的绅士，额头光亮，两侧有少许头发，他和蔼地点点头，好像认识我们所有人一样。他谈到了哲学及其在世界上的地位，他说，如果人类没有哲学，世界就不复存在。

他认为哲学受到了压力，但哲学家本身才是哲学最尖锐的批评者，他们应该继续批评，哲学本身应该受到压力，应该不断尝试挑战自身，应该打破本身的限制，应该把西红柿、鸡蛋、礼物和戈尔迪之结[1]扔向四面八方。扔向他人，也扔向自己。这就是它所能做的——入侵自己，让自己出丑，成为自己的目标。

他谈到了其他科学，从事其他科学的人如何努力攀登高山，而哲学却生活在一片陌生的平地上，房屋低矮，或许只有几棵槐树。哲学不断地哺育着其他科学，为它们提供登山用的设备、吃饭用的刀叉。哲学把它们的食物切碎，像遛宠物一样遛它们；哲学递给它们武器、药方、辅

① 西方俗语，意为难解的结、难题、难点。

助工具、补给品、氧气瓶，还有膏药、针头和会被人体自动吸收的线，当它经过并修复了一两处伤口时，你几乎看不到它。哲学家谈论社会学家和经济学家，他谈论自然科学、宗教和宇宙，哲学总是在切割自己的一部分，然后把它扔到最近的科学分支，常常是随机的方向，扔给人民，扔给统治者，扔给艺术，每一次它都失去了一些东西，每一次它又长回来了，或者至少他是这样认为的。它确实是这样，它曾经是这样。它修修补补，把一切都扔掉，这并没有什么不对。只要它继续进行哲学思考，只要它准备在出错、失误或喂养了根本不应该喂养的怪物时进行自我攻击，它就不会出错。

但他认为，当哲学本身想成为一门科学时，当哲学家们急于为自己谋取一些东西——一些吃的东西、工具或武器，或者只是一点儿爱，而不是冷静地等待哲学失去的东西重新生长时，问题就出现了。他说，就像一个新娘，把捧花扔给宾客，自己却冲进人群，想找机会接住捧花。

看着他的照片，看着他说到抛花束时略显怪异的摆臂动作，我们都笑了。房间里洋溢着欢快的气氛。我旁边的一个年轻人在记事本上写下了“像新娘一样”[1]。我的包里既没带纸，也没带笔，我只是去倾听，而这也正是我所做的。我主要是在倾听哲学家的声音，同时也在倾听他的文字。我已经很久没有听过法语了，感觉就像回到了家，就像回到了很久以前的校园时光[2]。

我听了好一阵子的家常话，才意识到这些话的边缘已经奇怪地溶解了。起初我以为是房间的形状拉长了声音。我想到了音乐厅和音响效果，想到了声音传播的方向，想到了哲学家背后那块空白的黑板，但这不是房间或音响效果的问题，而是声音中的某种东西，一种嗡嗡声，一种与文字的斗争。

我怀疑这位哲学家是不是出了什么问题，是不是病了，是不是心脏病发作了，但如果有救护车的声音的话，我一定会听到的。他貌似很健康，但其实并没有，因为当我抬起头时，我意识到他嘴里的一颗牙齿松动了，是一颗门牙。他一直努力控制着这颗牙齿，很明显这是一颗种植牙，就在他讲到拍新娘结婚照的时候，这颗牙齿从一排牙齿中松脱了，掉进了他的嘴里。我抬起头，正好看到这一

① 原文为德语，Wie eine Braut。

② 塔拉的家乡布鲁塞尔以说法语为主。

幕。他迅速闭上嘴巴，用舌头把牙齿微微移到一边，准备说下一句话，这句话比前几句稍显含糊，但这并不重要，因为听众还在想着新娘。

在他说话的时候，让所有人都松了一口气的是，他成功地以一个相对优雅的动作将牙齿从嘴里翻出来，左手以迅雷不及掩耳之势移到了自己的脸上，接住了牙齿。

他站在那里，先是把手插在上衣口袋里，然后又不紧不慢地把手拿出来——至少我记得是这样——继续谈论哲学的作用。哲学，如果总是跑去参加最近的科学活动，或者去参加它上次给谁吃过饭、挑战过谁或给谁缝过几针的活动，就会留下一个别人无法填补的空位。或许不仅仅是空位，因为空位正是哲学的功能，是一个可以扔花束的地方。相反地，如果它追着花束跑，就有可能制造一个黑洞，一个几乎是真空的黑洞，把一切都吸进去，炼成一个熔炉，一切都混杂在一起，失去了意义。他认为，它本应保持静止，本应继续介入它能介入的地方。如果其他领域不慢慢消亡、缺氧、崩塌，变成纯粹的机械运动，我们就需要它。因此，它将继续自我批判，对自己的能力感到不满，总是笨拙而无望，总是试图打上无人能解的死结，解决无人认为是问题的难题，打开人类思想的桎梏，让它重新获得自由。因此，它不得不这样，不得不不断重拾其对确定性的徒劳尝试，疑惑、探索和粗鲁，而不为自己的无知感到羞愧。说到这里，每个人都笑了，至少我看到的是这样的表情。

现在我可以看出，观众们变得有些不确定了，他们刚才看到的一幕是否一直都是计划好的？是巧合，是哲学家即兴发挥的能力让这一切发生，还是从一开始就计划好的？没有人知道，现在，会议主持人还没来得及简单介绍这位哲学家，就急忙就这位哲学家的一本书提出了一个问题。其他问题接踵而至，有德语、英语和法语，哲学家毫不费力地用与所提问题相同的语言进行了解答，仍然带着因门牙缺失而略显空洞的声音，但那已经不是声音了。

讲座结束后，我站起身，再次听到鞋子漏水的声音，我跟着鞋子的主人离开走廊，朝食堂走去。我又在几个小时前的那张桌子旁坐了下来。鞋子的声音消失了，只有我一个人。不久之后，我乘电车回到了维森威格。现在，我坐在窗前，看着夜色，感觉自己应该把听力调低一些，因为我不知道这声音会把我带到哪里去。

第1404次

今天早上，我从梦中醒来，很久以来做的第一个梦，尤其是我已经很久没有做过讲法语的梦了。

梦中只有一个片段伴随我走到清晨：一个瘦小的小丑，面色惨白，愁眉苦脸地站在街上，手里拿着一把雨伞。伞被烧焦了，挂着发黑布料的金属支架伸向空中。

“你为什么哭？”[1]梦里有个声音在说话，但我不知道它是从哪里来的。“你是为了雨伞而哭泣吗？”[2]也许是我在问，我不知道，但小丑平静地回答：“不，不是为了雨伞，而是为了马戏团。”[3]

醒来时，我觉得自己刚刚站在街上，和一个小丑一起哭泣。不是为他的雨伞，而是为他的马戏团。我一个人躺在维森威格公寓中的床上，我不知道这个梦是从哪里来的，因为我已经很久没有见到过小丑了。

---

① Pourquoi tu pleures? 原文为法语。——译者注

② Tu pleures pour le parapluie? 原文为法语。——译者注

③ Non, pas pour le parapluie mais pour le cirque. 原文为法语。——译者注

第1411次

也许亨利是对的，也许我会回去找托马斯。又有声音了，记忆中的声音又回来了。我走在城市里，听到一些平常的声音，或者一些我从未注意过的新的声音。我听到冰箱里传来奇怪的嗡嗡声，突然想起克利希苏布瓦的一个夏日，巢箱里传来嗡嗡声，不是鸟儿发出的那种嗡嗡声，我注意到大黄蜂在巢箱里嗡嗡地进进出出。大黄蜂搬进了巢箱，仿佛巢箱就是为它们准备的，整个夏天它们都住在那里，巢箱充满嗡嗡的回声。

或许我听到树枝拂过墙壁的声音，那是城中的一丛灌木，在其他声音中微弱的声音，突然间，我能听到托马斯的祖父在去世前不久种下的那棵玫瑰灌木。它有粉红色的花蕾，展开后是白色的花朵。老塞尔特告诉我，这种玫瑰的名字叫“佩尔佩图亚和费利西蒂”[1]，我以为它能带来永恒的幸福，我想这是一个很好的名字，即使这种花花期很短。但我的一些古罗马研究告诉我，事实并非如此，因为

① Felicité et perpétue，原文为法语。——译者注

这是两位殉道者的名字，一位是年轻女子佩尔佩图亚，另一位是她的仆人费利西蒂。她们被罗马人俘虏，在迦太基死去。[1]现在当我走过这座城市时，我想起了这朵玫瑰。我记得它是如何在风吹了几天后从墙壁中挣脱出来的，我猜是风把它吹走了，现在我怀念花园和玫瑰，也许还有房子。

第*1445*次

我打开了手机，因为我一直在数日子，100天，我知道亨利已经在回来的路上了。至少我们是这么约定的。我买了参加派对的日用品，至少是个小型派对，因为我买了葡萄酒、面包和几种陈年奶酪。

我曾几次试图联系亨利，但都没有成功，突然电话铃响了。是亨利，他正坐在机场里。他一直在回程的路上，

---

① 佩尔佩图亚是一位迦太基贵族，费利西蒂是她的仆人。主仆二人因为宗教信仰而被监禁，两人拒绝放弃信仰后与其他四人一起被处死。

没有搭乘他通常乘坐的航空公司的航班，他选择了另一个航班，但现在他已经晚点了两个多小时，不知道能否在午夜之前到达。他不知道自己是否想连夜飞行，他总是一大早就出发，以确保准时到达。也许他会等到明天，在既定的起飞时间飞行。

我们聊了聊他在伊萨卡的日子和我在维森威格的日子。他告诉我他和儿子在周边地区驾车的情景，秋天的色彩，以及在家里的日子。我告诉他城市的声音、哲学家的牙齿和我穿的鞋子。我说我开始追随太多的声音，每当我走近一些，里面就会有其他的声音。在咖啡机轻微的嗞嗞声背后，是一种更沉重的声音，一种钢铁的声音。在有轨电车的声音后面，有一种滑行的声音，一种起初没有听到的额外的呜呜声。我谈到了公园里的孩子们，救护车和消防车的鸣笛声，教堂的钟声。新的声音层出不穷，在表面之下还隐藏着其他声音。我告诉他蜜蜂的声音，巢箱中空洞的嗡嗡声。我告诉他玫瑰花在挣脱束缚。

我告诉他，我一直在考虑回到托马斯身边。他说他想留在美国，也许他再多待一段时间会更好。他说，最重要的是我们记得保持电话畅通。当100天再次过去的时候，我们要坚持住并交谈。我们要记得数日子。我说我会记住的，但我想先办一个派对。

第1531次

是声音出了问题。是公共汽车和小汽车的声音，是公园里孩子们的玩闹声、警笛声、教堂的钟声和煮咖啡的嗞嗞声。

当你走近时，那些细微的声音就会出现。它们开始发出渴望的声音。现在我坐在克利希苏布瓦的房子里，在面对花园和柴火堆的房间里。

我能听到水管里的水声和地板上的脚步声。我听到冰箱门撞击桌子边缘的声音，听到楼上办公室里打印机有节奏的声音。我听到手或袖子擦过墙壁的声音，听到包裹和信件落在走廊地板上发出的轻微咚咚声。我从窗户喂过花园里的小鸟。如果我静静地坐在房间里，很快就能听到托马斯身后关门时外面传来的脚步声，先是清晰地撞击着花园小径的瓷砖，然后当他从大门走出去时，脚步声变小了，砾石发出嘎吱嘎吱的声音，然后是撞击人行道的沙哑声音。如果我想听到更多的声音，就必须非常安静。脚步声向邮局逼近，是托马斯拿着信和包裹。

我找回了声音，我想起了春天的早晨。漫长的冬天，鸟儿们把声音引向自己，春天的大合唱只剩下细微的叫声和警告信号。突然，那些几乎被遗忘的声音又回来了。

因为当冬天持续足够长的时间，鸟鸣声就会回来，当有轨电车唱足够长的时间，我就回到了克利希苏布瓦的房子，现在是水管在唱歌，音乐来自噼里啪啦的袋子声、踩在地板上的脚步声，以及手或袖子拂过墙壁的声音。

我想念的是托马斯，是托马斯和他所有的声音，那是家的声音。熟悉的，亲切的，就像鸟儿在夏天的吊床上歌唱。

我又听到声音了，雨越下越大，我打开了客厅的暖气。现在邻居正在散步，外面天色渐暗，下着雨，很快我就能听到花园小径上的脚步声。没过多久，我听到了钥匙插进门锁的声音，到家时托马斯浑身都湿透了。

我找回了一些声音，但这就是我找到的全部。我没有找回托马斯，没有找回我们共同度过的那些雾天，我只是找回了清晨短暂的鸟鸣和雨声。

这就是我回来的原因——声音出了问题，它们没有指向任何地方。在杜塞尔多夫的日子里，我倾听，我追随，我寻找新的声音。我轻松地走来走去，越走越近，但每一次，当我走近时，我什么都没发现。到处都没有让我的心灵平静下来的地方。

后来，我变得焦虑不安，收拾好了我的包，里面装着文件、衣服和雨伞。但我犹豫了，我把包放在厨房，坐在院子里晒太阳，傍晚来临时，我还是没有离开。第二天一大早，我就起床了，还没来得及后悔，我就离开了公寓，去车站买了车票。

到达里尔后，我下了车，在车站附近的一家超市买了些东西，然后换乘火车，向克利希苏布瓦进发。

由于轨道施工——但感觉更是因为我的犹豫不决——所以火车延误了，直到下午三四点钟才驶入克利希苏布瓦站台，大约是托马斯准备出门的时候。当我看到站台上写着镇名的蓝色标志时，我很不确定。我为什么要回这里？我看着牌子，突然觉得它很陌生：克利希苏布瓦。这是什么意思？

我下了火车，沿着月台走，月台上几乎空无一人。我沿着铁轨上的十字路口走进车站大楼，一对半大的孩子坐在长椅上，手里拿着一袋糖果，他们可能是从候车室的自动售货机上买的。他们说话时房间里有回声，墙边有长凳，我突然觉得这一切都很陌生。

当我从车站出来时，天空中出现了一点儿蓝色，过了一会儿，我在两片云彩之间看到了太阳。我朝我们家的方向走去，但没有回家的感觉，只走了几分钟，我就意识到我也没有带我们家的钥匙。我的包找到后，钥匙并不在里面。事情就这样解决了，我转而前往邮局，希望能在那里见到托马斯。一想到他，我开始加快脚步穿过街道，突然充满了期待，仿佛只要我加快步伐，就能匆匆走过我们之间的所有日子。

感觉我们只要在邮局见个面，他就会放下包裹，迫不及待地出来找我。他会惊讶地发现我，但惊喜过后，这又会是普通的一天，我们会一起走回家，我们会去树林里散步，或者在“小小咖啡馆”喝咖啡。

当我到达邮局时，已经太晚了。我在邮局对面摆好了架势，但看不到托马斯是否在里面，于是我走到街对面，在门前站了一会儿，门上剥落的油漆在一片黄色中露出了一小块灰白色的金属。我看不清磨砂玻璃后面发生了什么，就不耐烦地站着等了一会儿，然后走近一扇窗户，只要稍微伸个懒腰，就能看到房间的大部分。托马斯不在，他走了。他另有打算，他已经朝树林走去了。

有那么一瞬间，我想追上他，在路上和他会合，我开始沿着人行道朝树林走去，但现在我在一家商店的橱窗里看到了自己，或者说，我看到了我的外套，或者说它的颜色，错误的颜色：浅灰色，带着一丝绿色。我停了一会儿，又走了一段路，然后突然改变了方向。我在最近的街角拐了个弯，转而走到埃尔米塔格街的房子前，在院子里的花盆下找到了钥匙，把自己锁在里面，然后把装食物的袋子放在地上。

屋子里很冷，冰箱里有一股霉味。我把冰箱关了，但离开时忘了把它打开，冰箱里散发着时间的味道。但是没有灰尘，也没有其他时间流逝的痕迹。一切都和我离开时一样，几乎和我第一次来这里时一样，除了暖风机、一堆床单，还有放在客厅里的望远镜，装望远镜的袋子折叠起来放在旁边的架子上。一切都像是另一个时代的遗留物，像是我留下的东西。我四处走了走，找了几条毯子，打开暖风机，煮了一杯咖啡，反正我也不喝，就放在厨房的桌子上冒着热气。

厨房里暖和起来后，我脱掉外套，把它放在椅背上。我在桌边坐了下来，但当天色开始变暗，雨又下了一会儿的时候，我仍然没有决定该怎么办。想到漆黑的天空，想到托马斯在雨中旅行，想到他来到一座寒冷的房子，而他离开的时候没有人打开暖气，我突然有一种不安的感觉，就像逃跑了一样，就像在一次事故中抛弃了一个受伤的人，让他浑身湿透，寒冷而孤独。

因为心虚，再加上雨越下越大，我就决定马上出门。我拿起书包，把外套搭在胳膊上，在雨中奔跑。我的雨伞就在包里，但我没来得及拿出来。我匆匆穿过街道，跌跌撞撞地寻找着，因为我突然不记得路了。我迷失了方向，最后来到了一条我不认识的街道，转过身来，在雨中奔跑，找到了正确的街道。我已经湿透了，我很焦虑。我忘记了见到托马斯时要对他说什么。除了必须回去这件事，我什么都忘了。我到家的时候，他正好把自己锁在屋里，在走廊里晾他的湿外套。我摔倒在门槛上，托马斯接住了我，又把我扶了起来。我抖了抖身上的雨水。他没有问我发生了什么，而是在等我的解释。

这不是幸福的重逢。我只是淹没在水中。虽然是湿的，但感觉不像是进了港口，更像是一艘遇险的船，和我第一次回家的感觉没有太多相似之处。我不再觉得，只要有房子可以回家，只要有托马斯，只要水壶里有茶，只要有温暖的毛衣可以穿……只要有这一切，时间停滞不前就是一个可以解决的问题，一个可以克服的障碍。但现在感觉不是这样了。我无声地叫了一声，跌跌撞撞地跨过门槛，跌进了屋子里。

进屋后，我赶紧打开暖气。我们晾好湿衣服，找来干衣服，泡好茶，坐在温暖的客厅里，我再次讲述了时代的变迁。但从我最初的解释、托马斯的反应、他的眼神和回应中，我可以看出一切都不一样了。我们的见面是湿漉漉的、摸索着进行的，我们之间隔了太多的日子。我的解释太复杂，细节太多。我向他讲述了在克利希苏布瓦的日子，讲述了我们迷雾重重的日子，讲述了我已经变成了另外一个人，感觉就像我的大脑被重建了一样。我谈到了巴黎和四季。我谈到了西伯利亚的寒冷和汽车的制动系统。我告诉他卑尔根的雪从屋顶滑落，告诉他康沃尔田野里的羔羊有多稚嫩，告诉他我的房子和吱吱作响的楼梯，告诉他那些让我想起他的人们和所有细节。

我告诉他罗马罐子里装满了11月，我无法实现打造四季的事情。我给他讲了主队和客队，讲了偷自行车的贼，讲了欧楂树，讲了罗马帝国——他们总是建造容器，越来越深的容器，你可以站在底部看天空，但你出不去。

然后我向他讲述了亨利·戴尔，讲述了我们的相遇，讲述了我们作为两个病人是如何生活的，是很有耐心又长期住院的那种。我告诉他我们讨论了什么，他是如何相信，我们在11月的那一天，时间的断裂已经停止了。

我告诉托马斯亨利走了，他很想念儿子。我说，亨利认为我应该回到托马斯身边。我告诉他那些日子里的琐事，那些看似轻松友好的声音，那些我开始追随的声音，我告诉他我是如何聆听咖啡馆和音乐会的声音，聆听哲学家和鞋子的声音，但这些声音都变得不对了，因为声音里什么都没有，只有渴望，所以我必须回来。

托马斯听了，我不知道是否能说他耐心地听完了。我觉得更可能是我坚持要他耐心听。他宁愿打开暖气片恒温器，点燃壁炉。他很着急，他想在厨房切面包，拿着奶酪和面包在屋子里走来走去，把巧克力掰成方块儿摆在碗里，但我一直坚持要说完，我站起来帮忙，一边说着话，一边把一壶茶端进客厅。

我想他需要时间，我不知道他是否怀疑故事的真实性。他说他觉得累了，我们躺在床上，听着外面的声音。我们谈论着雨声和风声。我试图记住声音的顺序，但我已经很久没有听过花园和房子的声音了。

相反地，我谈到了裂缝。我问他是否认为我们周围的世界正在开裂。他说，很难说是地基在开裂，还是只是墙壁在微微移动。他谈到了今天早些时候读过的乔斯林·米隆的书。他已经开始读第四章了。他说，你并不总是知道你是在修复已经存在的东西，还是在开始创造新的东西。

我不太明白他的意思，因为我没有读过这本书，但我们都累了，所以我说等他读完了，我想读读他的书。

第二天早上，我重复了我的故事。也就是说，我醒来后轻轻地叫醒他，给他讲了一个比前一天晚上稍微简单的版本，第三天早上又讲了一个新的版本，去掉了更多的细节，但要讲的东西还是太多了，天数之多让我们之间的距离变得难以控制。

一起床，托马斯就注意到了我的头发。坐火车去克利希苏布瓦的时候，我还没想过头发的长度和发型，头天晚上到家的时候，我的头发又湿又乱，但到了早上，还没等我跟他解释，他就注意到了：我的头发变长了，看起来不一样了。我赶紧用发卡把头发盘起来，起床后，我拿出了从巴黎回来时穿的那件衣服。我从衣柜里拿出一件旧夹克，然后立刻去了离邮局两个街区远的理发店。我很幸运地约到了下午时间，在托马斯去邮局的时候，我剪了头发。像往常一样，我告诉理发师这并不难。当我披着披肩，湿漉漉的头发小心翼翼地盘绕在脸颊上，坐在镜子前时，我们仿佛都看到了熟悉的塔拉·塞尔特。

我们做完各自的事情后，我和托马斯在“小小咖啡馆”碰面。我去理发店的时候，他去树林里散步了，现在我们坐在一起，天色渐暗，外面下起了倾盆大雨。后来，雨停了，我们又走了回来，没有带伞。我们在街上找到了自己的路，当一场稍大的雨来临的时候，我们站在一扇门里，但除此之外，我们没有淋得很湿，而且还带着一种归属感走了回来。我们在一起，又能躲雨。我们有点儿冷，但后来我们靠得更近了，不久雨又停了。

晚上，我试图让他重复他的假设，即时间能够自我修复。托马斯在我们一起度过的第18个晚上就说过，时间总会在某一时刻恢复到永恒的前进状态。他说生命中会有一些转变，但时间总会重聚，日子会归于正轨，在某个地方会有未来，诸如此类的话。但我们大部分时间都在谈论过去。

在接下来的几天里，我偶尔试图给他恢复正常时间的希望注入活力，尽管他接受了我对11月18日的描述，没有提出太多问题，但还是没有找到什么希望。我给他暗示，希望听到他坚持修复、变通、突然正常的可能性，但这从未发生过。我不知道是不是我自己的希望消失了，是不是我的声音变了。也许，如果我能相信时间的突变，相信能把我们带回正轨的惊人飞跃，情况就会不同。如果我还有一点点希望，我可以把它传递给他，但当我自己产生怀疑时，我也把这种情绪传递给了托马斯。我抱着一点儿希望，希望可以交换，希望可以反思，但我们都不相信这种奇迹。在11月18日度过了这么多日子，让我越发觉得这不太可能。相反地，我们都得过且过了。我身后一长串的11月18日像风筝尾巴一样在空中舞动。托马斯每天都会听到新的解释，越来越简单，是那种剪贴式的版本，只包含最简单的事实。

这些日子并不令人不快。我们享受着彼此的陪伴。我们一起散步，在客厅黑白图案的地毯上或卧室的床上度过亲密时光。这些日日夜夜，我们促膝长谈，温柔碰撞，友好接触。我不知道自己是否感觉到被爱，我感觉到被需要，被感动，但这和以前不一样了。我们不是躺在床上的交响乐团，幕布上是灰蒙蒙的晨光；我们不是在坑坑洼洼的小路上前行的马队；我们不是连体婴儿，也不是迷雾中的恋人，更不是低洼地上两条并行的河流。也许我错了，无论如何，我们仿佛各自拥有自己的世界。他有他的房子和克利希苏布瓦，他有需要邮寄的包裹和去邮局办事的行程；我有我所有的日子，有声音和历史的海洋，有过去的遗迹。

我们就像一对恋人，试图在满是山丘的地方相遇。我们失去了彼此的踪迹，我们沿着不同的道路前行，我们消失在山脊后面，或者在穿过森林和小灌木丛的路上，我们在过多的衬垫、裙子、紧身胸衣和有点儿太紧的夹克中挣扎，17世纪晚期，一对来自上层中产阶级的情侣和一群熟人一起上山，现在我们站在不同的山上，各自拥有自己的世界，试图用一条绣花手帕从过于遥远的地方挥手，或者两块。手帕上绣着的名字缩写是一样的，但这并没有什么用，反正我曾经被叫作别的名字。

早上，我告诉托马斯发生了什么事。晚上，我会挨着他睡觉。有时我会在半夜醒来，躺在那里看着他睡觉。他的手放在枕头旁边，只有在半昏暗的环境中才能看清。他在床上微微转过身时，从羽绒被中露出他的肩膀。他的睡脸轮廓模糊不清。

我知道发生了什么，删除已经开始了。我知道托马斯对11月18日的记忆正在消失。未知的机制已经开始删除这一天，无论我做什么，我都会再次看到他醒来时脸上的担忧，看到我告诉他发生了什么事时，他在晨光中困惑的脸。

有时，当我做了一番解释后，我请他和我一起旅行。我让他和我一起去巴黎，去找菲利普和玛丽。如果我们一起去，他们会相信我们的，他们会尽力帮助我们的。或者我们可以继续旅行，他想去哪儿就去哪儿，避开大雨。我们可以往南、往北、往东、往西。如果他愿意，我们可以按季节旅行。

我告诉他亨利和玛莎·阿特林斯的遭遇，那并不容易，但我说我们不一样。他醒来的时候不会那么焦虑，或者说我觉得他不会那么焦虑。

我告诉他快到与亨利·戴尔见面的时间了。我必须回到杜塞尔多夫，或者保证我的手机能用。我说，托马斯会喜欢他的，我告诉他杜塞尔多夫的公寓、天气、欧楂树、院子里的阳光、金色的笼子。我想他会喜欢的。或者我们可以去美国，在那里和亨利见面。去伊萨卡，他可以听到亨利的故事。这样他就不用满足于我的版本了。也许我们能找到一个解释，一条出路。也许他能帮上忙。或者他可以把这当成一种娱乐。参观我们这个时代荒谬的马戏团。

每天早上，我都会带他去坐过山车、摩天轮、巨型旋转木马，还可以去镜廊。我们可以尽情享受这个无法自控的时代。

托马斯犹豫了一下，他说他得考虑一下。他说也许他会来，但我知道他不会。他希望每天是流动的。如果我在漫长的一天结束后问他，如果我说我们可以搭下一班火车离开，他也会这么说。他希望夜晚是流动的，他想考虑一下，他想好好考虑一下。他想看看明天早晨会带来什么，也许在晨光中我们能想得更清楚。

一天早上，他醒来时，我正站在他旁边。我把他的衣服装在背包里，不多，够穿几天。我已经准备好了，我的包就放在走廊里。我请他听我说，我请他听我说并跟着我走。我告诉他发生了什么事，没有要求他做什么，他只需要穿好衣服，剩下的就交给我吧。

他认为这个要求太过分了，而且是在这么短的时间内。他不想旅行，他不想每天早上在一个陌生的地方醒来，然后要求得到解释。

我告诉他，我会帮助他度过这一天。我会牵着他的手，我会给他准备最柔软的床，最美味的早餐。每天早上我会叫醒他，告诉他一切。开开心心地，准备好所有的解释。我们面带微笑，会作为一个男人和一个女人迎接每一天。我们变换心情，翩翩起舞，裙摆飞扬，全速前进。

或者悄悄地，我会轻轻地叫醒他。我会紧紧依偎着他，轻声细语地告诉他一切，直到他感到平静，准备好和我一起走过一天。我会早早地在他身边醒来，我会尽可能让自己看起来像我自己，我会告诉他不要担心。我告诉他不要担心，只是时间断裂了，没有人死亡或受伤，诸如此类的话。

我说，他想说什么就说什么。在时间的旋转木马上，我们可以有安静的早晨，也可以有欢快的夜晚。在时间的容器里，我们可以有欢快的早晨和宁静的夜晚。我们可以有四季，有白雪皑皑的清晨，有绿色的春日，有橙色的夏夜，有布满星星和奇异声音的黑夜，远处传来的大海的咆哮。

我不知道我为什么要坚持。我知道他不会来，但我还是尝试了，但他没有抓住机会。我的进一步努力也是徒劳的，他认为我们应该再等等看。

有时，我会试图抓住他会笑的机会。当我们拿着有泡沫的牙刷站在浴室里时，我们的目光会突然在镜子里相遇；或者我们中的一个人做了一个笨拙的动作，在去超市的路上被人行道上的瓷砖绊倒，一个苹果从厨房的桌子上滚落并引起笑声；或者当我们都试图抓住它并在这个过程中撞到对方时，会有一个转瞬即逝的微笑。

然后我赶紧趁机问他，问他愿不愿意和我一起跌跌撞撞地走。但他不想和我一起旅行。我们被锁在自己的日子里，在我们不安的早晨。我开始撒谎。我端着满满一盘早餐来到卧室。我告诉他，我是半夜到的，我很想他，我决定直接回到他身边，而不是留在巴黎。我知道这听起来不对，第二天早上我又试着撒了一个谎，第三天早上又撒了一个谎。我回来是因为我忘记了19日在克利希苏布瓦要去银行和人会面。我回来是因为菲利普·莫雷尔不在家，或者是因为娜美·夏莱取消了我们的约会。我回来是因为我突然感到不舒服，因为我经历了一些不愉快的事情，因为我不喜欢巴黎的气氛，太担惊受怕了，或者因为发生了骚乱，或恐怖主义的风险太大了，或者我听说附近发生了纵火案，或者酒店发生了一系列食物中毒事件。我避免提到可能成为新闻的具体事件，因为这很容易被查证。这些都是直觉和谣言，但它们足够重要，足以让我离开，托马斯就这样让我撒着谎。他很了解我，知道我的理由并不充分，知道还有其他原因，但他什么都没问，他不习惯我撒谎。

有些早晨，我又告诉他真相。然后我们就这样过了一天，第二天早上又开始新的谎言。我不知道这两种情况哪一种更好。我觉得撒谎是无法忍受的，我无法忍受看着我记录的每一个细节让他越来越担心。

每天早上，我都会改变他的情绪。我撒谎会让他焦虑，我说实话会让他担心。他嘴角抽搐，露出一个困扰的表情。我让他的一天变得忧郁。我怎么能这么做？我可以这么做。不，我不能这么做。不能再这么做了。

我在卧室住了67天,然后我就住进了这里，一个面对花园和柴堆的房间。

第1544次

昨天我和亨利·戴尔聊了天，就在我们约好见面的前两天，或者说在我们要谈话之前。我本来答应把手机准备好，但这次一直修不好，所以前天我买了部新手机。我在杜塞尔多夫办的手机号码无法激活，但我还是要回了原来的号码。这并不难，马上就能办好，我一离开商店就给亨利打了电话。他还在美国。我告诉他我在克利希苏布瓦，他以为他的号码已经失效了。事实是他的号码还能用，然后他发现了问题所在。如果他的手机停机了，他在美国也找不到同样的号码，我们就会失去联系。他说他会再买一部手机，今天他给我的新号码打了电话。在确保我们都把号码写在了安全的地方后，他告诉我，他会在美国再待一段时间。但他下次会再来杜塞尔多夫，100天后。

我说，我不知道自己想做什么。杜塞尔多夫的声音变得不对了，它们充满了渴望。我回到了克利希苏布瓦，但现在我又坐在房间里倾听。我说，我找回了我的声音，但我没有找回托马斯。

他显然不知道该说什么。他建议我再宽限一点儿时间。他说，也许声音比你想象的要多。我问他这是什么意思，但信号不好，我能听到自己声音的回音，所以我们没有继续深入。我也不知道这有什么用，但他很高兴能见到儿子，他说，也很高兴来到伊萨卡。也许我该去看看他。

第1552次

今天是11月18日。我已经习惯了这个想法，但我无法习惯这些声音，它们是我失去的东西的声音。我无法习惯失去托马斯的感觉，无法习惯他的身体走动发出的声音。

有时，我濒临恐慌。我觉得自己被困在空间里，随时准备逃离。我听到风声，但并没有暴风雨来临，风起了又消散了，但并没有去任何地方。我听到了雨声，它开始在屋顶上敲打，然后又停了下来。我想逃离这一天，但我无法逃离。

当它来到房间时，我能感觉到它的恐慌。它开始移动，但什么也没发生。它来了，在房间里转来转去，好像在找一个落脚的地方，但它什么也做不了。它什么也没做，什么也没开始，一切都停止了。然后它消失了，也许跑到草地上，也许从门缝里钻了出去。它找人玩，它在草地上跑来跑去，寻找着，但什么也没有发生。最后它徒劳地放弃了，它在走廊里或上楼梯的路上消失了。

第1555次

这里没有恐慌的余地，我对此深有体会。跳起来做点儿什么很容易。此刻我可以站起来走进去见托马斯。我可以打断他的声音，我可以让水管里的水不再嗡嗡作响，我可以关掉水壶，让水不再沸腾，我可以阻止托马斯的动作，我可以让杯子不再碰到碟子。但我知道，我所做的一切都是徒劳的，过不了多久，我就会回到房间。

我无法忍受我们之间的距离。我无法忍受这些声音。我想念托马斯，尽管他就在墙的另一边。我想念他的身体发出的声音。我想念发出声音的东西。我怀念茶杯和碗橱，怀念他取茶的纸袋，怀念抽屉里的汤匙，怀念椅子，怀念冰箱门撞击桌子边缘的声音。我怀念掉在地板上的钢笔。

但我无法触及它们，只有声音遗落在这里，而它们并不是带着承诺遗落在这里。它们就像我遗失的残骸，就像垃圾。

第1557次

我想着我没有的东西，想着永远不会到来的冬天、春天和夏天，想到夏天的楼梯不再吱吱作响。这里的声音是多么微弱，这些声音来的时候是多么渺小。

在花园里，我看到了秋天，看到了树上的苹果，看到了一排排银色的瑞士甜菜和韭葱，但当我看着树时，我只看到了空缺：树枝上没有冬天的冰霜，没有春天的花朵和绿叶。花园里也没有大黄、草莓和老塞尔特家的柠檬。当年老塞尔特告诉我们，托马斯要继承他的房子，那天他还给我们看了那朵玫瑰的花蕾。那朵玫瑰被风吹散了，我们赶紧把它绑起来，它还在那里，但它不再指向幸福或永恒，因为一切都指向失去的东西。

我已经找回了声音，但声音中缺少了一些东西，就像空壳一样。

我想着本该到来的一切，但它并没有到来。我能想象到那个画面，我能看见它，但现在它消失了。

第1560次

但这是真的吗？声音只是一具空壳吗？

大提琴的音符只是乐器的空壳吗？音乐是空气中的垃圾？夏日傍晚花园里飘来的香气难道是花坛里的垃圾吗？玫瑰的香味是垃圾吗？

星星呢？它们发出的光只是天体噪声的一小部分吗？黑暗中的声音是黑夜的空壳吗？

不，我想，这听起来像是我所爱的人一天中的垃圾。听起来像是残羹剩饭，像是遗失的动作，被遗忘的期望。但我听着听着，发现声音里还有更多的东西，我没有看到的细节，我没有听到的声音。因为在这些声音背后，还有其他的声音。我在这里听到的声音背后还隐藏着更多我没有听到的声音。水倒入茶壶的声音，茶包被泡开的声音。这里的一切都隐藏着更多的声音。我知道这些声音，因为我去过那里。

这不仅仅是失去的残余，也不是对未来的承诺。它是对正在发生的事情的承诺。如果我想一想我听不到的东西，它不仅仅是一种损失。在这里嘎嘎作响的空壳背后，在早已完成的画面中，还能找到一些东西。

我想着正在发生的一切。一定会发生的一切。羽绒被被掀开，发出轻柔的布料和羽毛的声音。抽屉被打开，木板被拖过。湿衣服被晾晒干，衣服被拉出来。如果声音再大一点儿，我就能听到了。如果我离得近一点儿。世界在成长，从内部开始扩张。

然后，他又在屋子里走来走去。声音的制造者、声源——托马斯在房子里走来走去，一天又一天，触摸声源。他让它们生长，是他的动作爆发出声音的细节，我没有听到，但我知道，还有更多。

托马斯，我在翻你的垃圾。

第*1583*次

我走得更近了。我找到了安静的地板，在抽屉里找到了安静的羊毛袜子。我在花园的棚子里找到了油，让我房间的门把手在打开时不再吱吱作响。我可以无声无息地打开门，穿过走廊，上楼时不碰到墙，脚步也不会发出声音。

但新的声音又产生了。掉在地上的钢笔比以前发出了更多的声音，它在办公室的桌面上滚动时，发出的声音非常小。这是因为托马斯坐下来时会轻轻推一下桌子。我能听到办公椅的轮子与桌腿的碰撞声，紧接着笔就从桌子上滚落下来。很多声音在笔落地的一瞬间汇聚在一起，只有最后一个声音传到了下面的房间。我在下面，大部分的声音都需要你自己去拾取。你必须沿着寂静的楼梯继续往上爬。你必须踮起脚，轻轻地呼吸，然后再轻轻下楼。

现在，我的影像中出现了更多的声音。他坐在办公室时，我曾站在楼梯上倾听。我听过他洗澡时唱歌的声音，水声淹没了我的脚步声。当我第一次站在楼道上，透过流水声倾听时，我能听到他在水流声中半大声地哼唱，我能听到他在这里和那里说话，先是喃喃自语，然后突然转为歌唱，声音不大：站在楼梯顶端倾听的人听得很清楚，但如果你从房间里听，就会完全消失在水管的嗡嗡声中，感觉就像发生了变化。

托马斯洗完澡了，我听到他的动静在屋子里悄然响起——一只手或一只袖子碰到了墙壁，尿液、水和牙膏沫在管道里流动，以及他睡觉前踩在地板上的脚步声。但现在我能听到他在唱歌，听起来他很开心。

只要你能静下心来，就能找到许多适合倾听的位置。托马斯在楼上办公室打印标签时，我去了厨房。我听到橱柜里的袋子发出噼里啪啦的声音，然后找到了一个噼里啪啦作响的袋子。顺着走廊里的嗡嗡声，我找到了一只嗡嗡叫的苍蝇。这比什么也没有要好，虽然只是好那么一点点。

我在楼梯和走廊里偷听。我可以偷偷溜进卧室，那里摆放着衣服，有洗过的，也有没洗的，我知道他选了什么：一件格子衬衫，红灰相间，带点儿黑色。这是我17日和他告别时他穿的衬衫，完全可以再穿一天，他在里面穿了一件白色T恤衫，因为屋里很凉快。还有一件灰黑色条纹的长袖T恤衫。他把它从抽屉里拿出来，但现在它正躺在椅子上。这不是他自己买的，是他妈妈送给他的，我见他穿过几次，但不是经常穿。我知道他穿上了略显破旧的牛仔裤，至少在一天的前半段是这样，因为后来他把牛仔裤挂在浴室里晾干了。

衣柜里有几件衬衫，数量不多，托马斯花在这上面的时间并不多。衣柜后面挂着一套西装，自从祖父的葬礼后他就没穿过了。我不知道他为什么突然要穿西装参加葬礼，也许这会让老塞尔特很高兴。

我抽身而退。我知道他什么时候会关掉水龙头，而我会在这之前回到房间里。我知道什么时候该靠近，什么时候该远离。我可以成为他的观众。舞台上是托马斯、厨房里的道具、衣柜里的服装。

第1592次

我在晚上去过卧室，看到他在睡觉。一切都很正常，他只是在睡觉。他睡的是双人床，旁边有个空位。这是两个人的床，但另一个人还没出现。

我就是另一个人。我坐在房间里，面对着花园和柴堆，但有时我会站着看托马斯睡觉。他带着睡意，静静地躺着，我站在门边一动不动，喘着粗气，在他醒来之前，我踩着闷响的脚步溜下去。

也许我们终究是音乐？

第1611次

但如果我们是音乐，那就是不可预知的音乐。它是即兴创作、奇怪的声音和意想不到的音符。它有漫长的停顿和突如其来的声音。

我的日子多姿多彩。我不按套路出牌。我打开门，又关上。有时，我坐在窗下的桌旁写作，但我的语言却泛滥成灾。句子没有任何疗效，它们支离破碎，有垃圾和玫瑰，有卷曲起来又消失的松散音符。有敞开的窗户，有没有面包可以吃的鸟儿。

我的购物很零散。我在家里进进出出。我从床底下拿出补给箱，找到我不记得买过的用品。我从厨房里拿罐头，从花园里拿韭葱，从棚子里拿洋葱，进城时随便买点儿东西。我的一天杂乱无章，优柔寡断。我从窗户跳出去，或者悄悄地从门缝溜出去。托马斯下楼梯时，我在屋里快步走动。几秒钟后，我就消失在人们的视线中。

有时我跟着托马斯离开家。我去过树林，淋过雨，回来时全身都湿透了。有时晚上他坐在窗前看书，我就从窗外往里看。我躲在盆栽后面，或者躲在老塞尔特放在窗台上的半身像后面。我在白天和黑夜之间转换，有一天晚上，我在花园棚子里，躺在垫子上，身上围着几条旧毯子。

我每天都感到不安。我的房间里出现了破碎的模式和不可预知的旅程。原本井然有序的日子里，出现了敞开的房间和寂静的大门。有醒来的夜晚、突然的睡眠、疲惫的清晨和没有规律的日子。夜晚，我独自走在草地上，没有望远镜，也没有希望。我停在草地上，仰望星空，享受着温和的星光和月光。

第1652次

昨天下午，托马斯带着信件和包裹离开几分钟后，我房间的窗户被敲响了。我背对窗户站着，刚穿上靴子，就听到了这陌生的声音。我得去买东西，但不知道买什么，也不知道去哪里买。我每天都过得优柔寡断的，早已不再跟随托马斯的节奏。我在托马斯出门时穿上了靴子，但之后我就没再往前走了，我没有计划，只有饥饿感和一箱我不想打开的罐头食品。

起初我以为是鸟儿撞到了窗户。当然，这是不可能的，因为11月18日不会有不可预知的鸟儿突然飞向窗户，我是这么想的，但我没有往那方面想。我走到窗前，打开窗户，向外张望。我沿着房子的基座向外瞥了一眼，没有受伤的鸟儿，也没有任何东西撞到窗户的迹象。

我想，也许是托马斯发现了我。他出去的时候我发出了声音，所以他听到了我的声音，来到了窗前。同时，我想到了亨利·戴尔。他会来克利希苏布瓦吗？他是唯一无法预料的因素，他有这所房子的地址，当我想起他时，我总觉得自己忘了什么。我对这些日子产生了怀疑，我翻遍了我的文件，但什么也没看到，只看到我在一张纸上写了“#1621”，之后又用笔画了一连串的横线，好像我试图抓住一些我没能写下来的日子。

当然，我的手机又黑屏了，我一直忙着在家里找东西，把所有乱七八糟的日子都忘得一干二净。现在我想，亨利可能已经回到了欧洲，来了克利希苏布瓦，就在我听到敲窗声之后，我又听到了敲门声，而且声音更大了。这次敲的是临街的门。我急忙跑出房间，确信是亨利·戴尔来了。

我打开门，外面是一位年轻女子，黑头发，个子不高，肩上背着一个包。她为打扰我而向我道歉。她敲了敲窗户，但她觉得如果一个人突然站在那里透过窗户盯着我看，可能会吓到我，所以她绕到了前门。我说她敲窗户时我吓了一跳，但她是谁？我还以为是一只鸟儿。

她的名字叫奥尔加·佩里蒂，她不是一只鸟儿，她被困在了11月18日。她说，她需要我的帮助。她会说英语，问我是不是塔拉·塞尔特，以及我喜欢用哪国语言交流。

我告诉她是我，用英语交流即可。我请她进来，带她进了房间，让她坐在我桌边的椅子上。我打开水壶，从厨房多拿了一个杯子，并在房间里的水壶旁发现了几包茶叶。

泡茶时，我向她讲述了托马斯和我混乱的日子。我告诉她房间里和院子里的噪声。她已经从亨利·戴尔那里听说了我的故事，她在科隆见过他。她环顾四周。她说，她想象到了别的东西，她不知道是怎么想象出来的。

她向我讲述了她的11月18日，或者说是她的11月18日的一些片段，然后我们在客厅里坐下，她小心翼翼地坐在扶手椅上，靠着边缘，似乎她已经在继续前行。外面的空气早已干燥，天空中灰蒙蒙的光线渗进房间，秋日的阳光短暂地取代了这一切，透过窗户将方形的光线投射到花纹地毯上。

奥尔加·佩里蒂很快就切入正题：她需要我伸出援手的事情。她说，当时的情况是，她在寻找一个完全不同的人——拉尔夫·克恩时遇到了亨利·戴尔。拉尔夫和她一样，和亨利·戴尔一样，和我一样，被困在11月18日。她和拉尔夫在不来梅相遇。他们一起旅行，但现在他失踪了。她想找到他，她想了很久，因为他已经离开太久了。在寻找的过程中，她在科隆火车站遇到了亨利·戴尔，她在那里坐了好几天，看着旅客们，希望拉尔夫·克恩能路过那里。

亨利在科隆转车时，到离奥尔加·佩里蒂坐下的地方不远的一个小摊上买葡萄干面包。他出现的时间本不应该是没有顾客的时段，而当她发现车站熟悉的格局被打破的那一刻，或者至少是当她意识到她发现的那个人不是拉尔夫·克恩之后的那一刻，她就知道她和拉尔夫不可能是唯一被困在11月18日的人。

葡萄干面包摊的店员刚在柜台上挂了个牌子，就离开了几分钟。当然，这种情况每天都在同一时间发生，店员不在的时候从来没有顾客。这时，突然有一个人影站到了柜台前。他在那里站了一会儿，什么也没做，过了一会儿，他开始四处张望，看看店员是否在来的路上。奥尔加站了起来，但还是保持着距离，因为她说，这个人显然不是拉尔夫，他年纪稍长，头发也不一样。店员马上回来了，奥尔加走近了一些，在几米远的地方看着这位新来的顾客。那人买了两个葡萄干面包，开始四处寻找写有发车时间的牌子。当他用袋子装着葡萄干面包离开摊位时，奥尔加跟了上去。她匆忙走到他身边，第一句话就直接问他是否停留在11月18日。他说是的。他回答后，她又问他的名字。他说他叫亨利·戴尔。

他想帮她找到拉尔夫·克恩。她说，这并不是她第三个问题的答案，但在她向他求助之前，他们并没有说过几句话。他告诉她，他不是一个人。或者说他是一个人，但他知道还有一个人被困在时间里。她说："那个人就是你。"

他们一起去了杜塞尔多夫，亨利希望在那里见到我，但我不在那里，之后几天也没有出现。他试着给我打电话，但没有联系上。他以为我还在克利希苏布瓦，就把地址告诉了奥尔加。他自己会在杜塞尔多夫等我。现在她来了。她想让我帮她找找，然后她会让我联系亨利·戴尔。

我说我想帮忙。我告诉她，最近我的生活很奇怪，一团糟。我失去了主见。我的日子过得焦躁不安，我不再计算时间。这在以前是不曾有过的。我不知道当你周围的一切都固定下来时，生活怎么会变得如此混乱，但事实确实如此。你甚至会忘记最简单的事情。你会忘记吃饭，会忘记及时上厕所，会忘记爬出窗户。你会忘记睡觉，出门时忘记穿靴子。然后你就站在湿漉漉的草地上……

奥尔加把手机递给我。我们坐在客厅里，天已经渐渐黑了。乌云密布，我突然想起托马斯马上就要回来了。我匆忙起身，开始收拾我们的东西，但我不知所措。我们是否应该留下来，是否应该把一切都告诉托马斯？他会帮助奥尔加·佩里蒂吗？我们应该等待吗？

我犹豫了一会儿，然后告诉奥尔加我们得走了。我赶紧洗了我们的杯子，收拾了一下，消除了我们留下的痕迹。我急忙把一些衣服和文件装进包里。我拿出我的补给箱递给奥尔加，而我则找到了我的外套，并拿起了放在房间角落里的雨伞。我一直穿着靴子坐着，现在才想起来，我正要出门时，窗户被敲响了。我确保房间里所有的东西都关了，并把客厅的暖气开得很大，这样过一会儿托马斯回来时就不会觉得太冷了，因为他全身都湿透了。在走廊里，我找了几秒钟，因为托马斯忘了带雨伞去邮局，所以雨伞应该在屋里，但我找不到，我们只能共用一把雨伞。然后我确认后门锁好了，奥尔加则拎着箱子和包匆匆从前门走了出去。雨越下越大的时候，我关上了门，打开了雨伞。

当我们拎着大包小包、一个箱子，打着一把雨伞，穿过大街小巷，奔向埃尔米塔格街时，大雨倾盆而下。到了家门口，我开始在包里找钥匙，但奥尔加打开了门，我一定是在雨中奔跑时忘了锁门，我们急忙跑进屋，并为我急于锁门而大笑，因为我知道没有人会试图打开这扇门。

屋子里很冷。厨房的桌子上放着一个盛满咖啡的杯子，上面还有一圈薄薄的霉斑，地板中间放着我留在这里的一袋杂货。袋子里装着咖啡、两种脆面包和一些还很新鲜的西红柿。房间里很凉爽。但不知道是因为屋里很凉爽，还是因为这里的时间早已停滞不前，西红柿一直很新鲜。奥尔加想知道，我离开袋子时，袋子是怎么留在房子里的。她说，如果她想确保第二天买的东西还在，她有时不得不和她的杂货一起睡在床上。

我拿出暖风机，插在客厅的插座上，没过多久，我们就暖和了一些，还找到了毯子和羽绒被，我们拉着毯子和羽绒被坐在客厅的沙发上。当我们坐在那里聊天时，我们意识到自己已经饿得不行了。奥尔加已经一天没吃东西了。她说，她可以吃下一头牛或一匹马，而我在她出现之前早就已经饿了。

我的补给箱里装的是罐头食品、饼干和两盒可以长期保存的奶酪，我们还有三袋真空包装的咖啡，这是我在来里尔的路上买的打折品。我们还有脆面包和西红柿，我们设法做了一顿相当奇怪的饭。我们的晚餐包括脆面包、煨鸭腿和一罐玉米罐头。奥尔加说，玉米罐头真的很难吃，但她还是吃了。

我确信我放在厨房地板上的包里还有更多的东西，但我不记得是什么东西不见了。没关系，奥尔加说，东西都会消失的。是的，我想，东西都会消失的，但我没有大声说出来。那样的话，我确信她会认为我在开玩笑。

但我没有在开玩笑。我的语言匮乏，只能从她那儿借用一些词语。我能听到我脑海中的回声。仿佛我需要帮助才能开始，找到我的回归之路。她的句子渗入了我的句子，我能感觉到词语在一点儿一点儿地复活，句子又开始形成了，现在也是我自己的句子，或者与我以前用过的句子相似。

吃饭之前，我们给亨利打了电话。我道歉说，我既没打电话，也没回杜塞尔多夫，但现在我想回去了。我想帮忙找到拉尔夫·克恩。我说我忘记数日子了，但他说没关系。他已经数过了，现在是第1651天。他在杜塞尔多夫等我们。

我们在客厅里围着毯子用餐，一起喝了一瓶奥尔加在厨房橱柜里找到的葡萄酒，这瓶酒肯定是前住户送的，因为我确信这不是我买的酒。我向奥尔加讲述了我在克利希苏布瓦的日子，讲述了我是如何发现埃尔米塔格街的空房子的，她向我讲述了拉尔夫·克恩和他是怎么失踪的。她告诉我她的第一个11月18日，她的11月17日。她不知道为什么会这样。时间停止了，她说，她刚从山上走下来，她比了一个手势，表明她对这个让人陷入时间循环的世界的看法。

她说，下山时是清晨。也就是说，她准备离开家的时候，或者她不知道是否该称之为家，因为她和姑姑姑父住在一起。她并没有真的下山。那是瑞士南部某处的一座白雪皑皑的山，她只是走出姑姑家，在几个街区外搭上了一辆公共汽车。她并不是不喜欢姑姑姑父，他们没什么不好。她11岁的小表妹也没什么不好。食物也没有问题，除了她不想待在这里之外，没有任何问题。

奥尔加·佩里蒂被时间困住时年仅17岁。她在覆盖着雪的街道上走着，因为下了雪，她在扫雪机到来之前就离开了。她说，那是一个滑雪胜地，在贝林佐纳[①]以北一点儿。说得好像我应该知道这个地方在哪里似的，但我说我从没滑过雪。她说，很多人都去过。冬天来临时，人们蜂拥而至，整个地区人声鼎沸。那里有滑雪道和滑雪服，还有车顶上背着背包的游客。她说，也有不带背包的，因为有些地方停满了昂贵的汽车，车顶上什么都没有，只有汽车，又黑又亮，静悄悄的。但到处都是穿着滑雪服、戴着滑雪手套的人，还有咔嗒咔嗒的带扣声。

我不知道为什么我需要这些细节，也许奥尔加认为我缺少声音。我已经告诉过她房子里的声音。也许她认为我需要变化，而我对她的变化很满意，想到了我的声音之外的其他声音。

奥尔加曾经有妈妈，但她现在已经没有了。她妈妈很早就生了她，19岁的时候。但也死得很早，在奥尔加14岁的时候。起初，在母亲去世后奥尔加和父亲生活，但一年

---

① 瑞士南部城市，提契诺州首府，这里的居民主要讲意大利语。

或一年半后，父亲就去了北方。他在一个已经关闭的滑雪胜地当厨师，然后就离开了。她不想和他一起去那边，她不想转学，姑姑也认为奥尔加不应该在父亲上班的时候，每天晚上独自在公寓楼里过夜。因此，奥尔加搬到了姑姑家，姑姑是当地学校的老师，也是家里唯一不依赖于滑雪季节的节奏和工作时间的人。

奥尔加已经和姑姑住了一年半，但她想离开大山，离开那些不断在山间游荡的滑雪者。她说，想象一下，在一片白色的土地上，到处都是像扶手椅一样的人。无论是跑下来的时候，还是再次爬上去的时候。

11月17日，奥尔加·佩里蒂没有去上学，而是去了卢加诺[①]。她答应姑姑过一两天就回来。她先是去了火车站，在那里等朋友，但朋友并没有出现，然后她自己坐上了去卢加诺的火车。那位朋友改变了主意，她们本该一起去卢加诺参加一些示威活动，因为一些金融组织和一些政客要举行为期三天的会议。她说，都是些有钱的浑蛋。

在卢加诺，奥尔加参加了示威活动，并与其他抗议者一起在市郊一所废弃的学校过夜。第二天早上，也就是

---

① 瑞士南部城市，与意大利接壤。

18日，她起床后再次与抗议者一起出发，打着横幅，喊着口号，举着大标语，穿过卢加诺，最后回到学校，在空荡荡的教室里过了一夜。第二天早上醒来时，又是11月18日。其他人都不记得今天已经是第二个11月18日了。奥尔加·佩里蒂独自一人。她说，你自己也知道。

我想，我真的不知道。我不知道自己是否能想象17岁的我在11月18日孤身一人的样子。我不知道没有托马斯回家，我的11月18日会是什么样子。我想我会崩溃的，但奥尔加没有崩溃。她又坚持了四天，然后她受够了。她给父亲打了电话，把一切都告诉了他。他立即放下工作，赶往卢加诺。他试图让她回到姑姑身边，但她拒绝了。相反地，她和父亲一起回到了他在北部一个滑雪胜地小镇的公寓楼，她在他的公寓里安顿了下来，或者说，她假装在他的公寓里安顿了下来，第二天早上，她在他醒来之前离开了。她确信他不会记得任何事情，果然，他没有打电话给她，当她给他发了一条信息，假装安排下个周末去看他时，他回信了，既没有提到她去看他，也没有提到11月18日的重演。姑姑并没有怀疑什么，她也没有意识到奥尔加从一开始就打算离开很长时间。奥尔加带走了护照和储蓄卡。她说，她不知道自己在想什么。她一定以为自己会离开几个月，因为在她满18岁之前，她是不能取钱的。

离开卢加诺之后，奥尔加去了意大利。她先去了贝加莫①，住在一家旅馆里，然后又去了更南边的地方。她开始流浪。有时她乘火车旅行，但大部分时间她都是步行。她去了米兰，又一直走到罗马。后来她去了法国和西班牙，然后又去了德国。

她靠信用卡为生。有时她只是“借用”一下，取完钱后再放回别人的包里。但有的时候，她会保留这张信用卡。起初，信用卡会在她睡觉时消失，但她很快意识到，如果她把信用卡放在口袋里，然后穿着衣服睡觉，信用卡就会和她在一起。

后来，她遇到了拉尔夫·克恩，他们一起去了英国。他们开着他的车四处旅行，他还教她开车。有一段时间，他们住在索尔兹伯里②。“你知道，在索尔兹伯里大教堂里有一座可能是世界上最古老的钟吗？就是还能用的那个？”我说，我不知道。我十几岁的时候和父母去过索尔兹伯里。我不记得有钟。我只记得我们看了巨石阵。奥尔加没看过。她说，那太诡异了，而且只对游客开放。她说

① 意大利北部城市，贝加莫省省会。

② 英国南部城市，巨石阵就位于这里。

那座钟是1386年的。

我们坐在沙发上，盖着毯子，吃着盘子里剩下的玉米罐头和煨鸭肉。听起来好像是亨利告诉她我对历史感兴趣，因为她提到了他们一路上看到的几件文物。她提到了日期和地点，以及他们或多或少看到的一些奇怪的东西，这些都是她在描述她和拉尔夫的旅行时随口提到的。

在英国逗留一段时间之后，他们前往法国博韦[1]看钟。他们开车从一座古老的钟到另一座古老的钟。他们参观了教堂和修道院。我觉得她的兴趣很奇怪，但她对我的看法也一样。谁会坐在房间里听水管、茶杯和脚步的声音，或者研究罗马器皿？她想，至少停止的时间和开车到处看钟之间是有联系的。

听了她的解释，我忍不住笑了起来，尽管她坚持说这并不好笑。她看得出我对他们的钟不是特别感兴趣，也许拉尔夫才是对钟最感兴趣的人。但我想知道她是如何认识拉尔夫·克恩的，以及他为什么失踪。

她是在不来梅认识拉尔夫·克恩的。11月18日，他在不来梅火车站附近的公寓里醒来，然后去城外的一家IT

---

① 法国北部城市，博韦大教堂收藏有法国最古老的报时钟和法国现存最复杂的天文钟。

公司上班，负责为一家物流公司开发计算机系统。他的11月18日是平淡无奇的一天，第二天他醒来时已经是第二次11月18日了。一连几天，他都在上班，有时对同事们只字不提时间停滞的事，有时他试图解释自己的情况，但同事们要么不相信他，要么相信他却无能为力。总之，第二天一切都会被同事们忘了。

起初，他只是等待它过去。有时，他下班后就待在家里，早上请病假，然后去酒吧喝酒。其他时候，他通过购物来度过18日。他起床后，买了衣服和昂贵的汽车，开车去上班，以在当地赌场赢钱为借口，邀请同事们出去玩。这本是一场狂欢，但第二天早上，狂欢就被遗忘了，汽车被送回了车行，新衣服也常常不翼而飞，如果他不是穿着所有的衣服在公寓里醒来的话，而且还带着宿醉和所有夜晚节日的痕迹。但当他仍然疲惫不堪地去上班或请病假时，同事们却什么都不记得了。也就是说，一开始，当他的手机还能用的时候，他会打电话，但没过多久，如果他没来，他就会把信息输入公司的系统。大多数时候，至少在刚开始的时候，他早上会若无其事地去上班，待上几个小时，在市里开个会或办点儿事，然后离开办公室。

他与奥尔加相识于某个时刻，当时她正走在去不来梅的路上。他当时朝相反的方向赶去上班。当他发现奥尔加·佩里蒂时，他掉转车头，停在了她的旁边。他问她从哪里来，并立即开始讲述自己的故事，他站在路边，打开车门，打开警示灯。奥尔加·佩里蒂站在离汽车几米远的地方，当他请她一起进城时，她拒绝上车。她自己确实也在进城的路上，但她想让他离开，不管他是多么地拘泥于11月18日。她可不想坐上一辆闪着警示灯的汽车，而且她为什么要相信他那不可能的故事呢？

他建议他们当晚在火车站附近的一家泰国餐馆见面。他还告诉了她自己在不来梅的地址，并把自己公寓的钥匙交给了她，公寓离餐厅只有几个街区。他告诉她不要消失。她说这取决于她自己。

但她还是在那天晚上出现了。他们讲述了自己的故事。我告诉她，我知道她说的是哪家餐厅。我在隔壁的旅馆住过几次。我觉得这真是个奇怪的巧合。奥尔加说，她能想象出我曾在那家酒店住过，那是我的风格。她自己在认识拉尔夫·克恩后的头几个晚上也睡在那里。她认为那是一家糟糕的酒店。我告诉她，早餐比她起床后我做给她的要好。她说，她已经又饿了，于是我把我们的盘子拿出来，从厨房拿了脆面包和奶酪，她就坐在那里，把小块的脆面包蘸在奶酪里。我说："我们本可以在不来梅相遇的。""但我们没有。"她说。

在餐厅见到拉尔夫·克恩，并听说他的11月18日之后，她不再有任何怀疑。他说的是实话。她的11月并不孤单，几天后，她搬进了他的公寓。

他们一起旅行了很长时间，但有时他们会分开一段时间，她说。有时奥尔加需要独自走走，不是说要离开，只是一个人散散步，这没什么不寻常的。

拉尔夫·克恩失踪前不久，他们在路上出了车祸。他摔断了一只胳膊，撞到了头。她只是受了点儿擦伤。他去了急诊室，胳膊上打了石膏，伤势不算太严重，但他越来越担心。他越来越担心这个世界和这个世界上的人，他担心意外和猝死。她觉得他有些不对劲，她感觉他受到了事故的影响或者他的头受到了撞击。

事故发生后，奥尔加负责开车。她说，这给了他思考的时间，渐渐地，他沉迷于阻止重大事故的想法。有时，他让她把车开到他知道的事故现场，有好几次，他都成功地阻止了一起他开始称之为"重大事故"的事件发生。

有一次，他们在路上遇到了一起交通事故。拉尔夫坚持要停下来了解伤者的情况，并最终得到了一名未受伤的后座乘客的电话号码。第二天，就在事故发生前不久，他给那位乘客打了电话，告诉他们开车要小心。路上已经发生了一起事故，他们不希望再发生另一起事故。

之后，他开始收集信息。他拍摄照片，收集数据。当天，他在一家照相馆把照片打印出来，或者在旅馆里把照片打印在一张纸上，并在照片背面写下了他对这次事件了解程度的所有信息。第二天，他试图防止事件再次发生。她说，麻烦就是从那时开始的。现在他消失了。

我试图判断她对拉尔夫·克恩的感觉。他们曾经是恋人吗？她会想念他吗？她担心吗？她害怕吗？但我觉得她除了想找到他之外，什么都不想告诉我，或许我们都太累了。

她伸了个懒腰，说她需要睡觉。我拿出被褥，为她准备好房间，就靠近楼梯。我想她马上就睡着了，我蹑手蹑脚地收拾了一下。我意识到，现在我不仅有了客人，还交了一个朋友。真奇怪，11月18日还会找到女性朋友。真是太奇怪了。

今天一大早，我就起床下楼了。当我小心翼翼地走过她的房间下楼时，我能听到奥尔加的呼吸声。楼梯没有吱吱作响，我想我没有吵醒她。我已经起床几个小时了，但我尽量保持安静。

我想了想，开始一天的工作，清理发霉的冰箱，准备早餐。就像这儿是一个家，我必须为客人起床做好准备。但我不想冒险吵醒客人。我关上了门，从包里找出几张纸和笔，煮了咖啡，然后尽量安静地坐在厨房的餐桌旁。奥尔加还没有醒来，我能听到的只有一点儿交通噪声和我写字的声音。我写道："有人敲窗户，我有一位不速之客，11月18日能结交到女性朋友真是奇怪。"

奥尔加走了。她睡到很晚才起床，她下楼时，我找到了西红柿和脆面包，并打开了最后一杯奶酪。我用碗盛了咖啡，因为家里只有水槽里那个发霉的杯子，我们坐在一起聊了会儿早餐，但一吃完饭，奥尔加就迫不及待地去找拉尔夫了。

我说我会等到第二天再去杜塞尔多夫。我会收拾好屋子，在房间里过一晚，或者和托马斯在一起。也许我会告诉他我要走了，也许我会邀请他和我一起去旅行。

奥尔加认为这不可能。她认为我们会在途中失去他，他会迷路，很难在我们的11月18日抓住他。她不了解他，但她可能是对的。

她离开时，我在楼梯上向她挥手。我本想送她去车站，但她说她自己能找到路。我说："你不会忘记朋友的。"她说这就是她来的原因，她不能失去朋友。

奥尔加离开时带走了望远镜。她觉得这可能有用。我不知道她在想什么。在城市里是看不到星空的，而且在地球上寻找失踪人口为什么还要用到星空呢？我不禁在想，她来这里干什么？为什么要找我？她不能和亨利·戴尔一起找吗？

我突然有一种想忘记一切的冲动，留在克利希苏布瓦，也许搬进埃尔米塔格的房子。忘记亨利，忘记不认识的拉尔夫，忘记我的新朋友，安静地住在我的灰色房子里。有时我会去看望托马斯。我可以向他撒谎，或解释一切。我们可以在一起，也可以分开生活，让时间流逝。我可以去巴黎寻找改变，也许我还没有找到正确的道路，也许我可以回到利松旅馆。我可以日复一日地坐着，用敏锐的目光注视着一天的细节，而某一天的早晨就会发生变化，一个不同的11月18日，或者是19日。全新的一天。

但我知道，11月19日并不在眼前。那是一个遥远的想法，一个不同的早晨，一个没有人捡起掉在地上的面包片，丢在了垃圾桶里，又拿了一个牛角面包的早晨。11

月19日不再是一个选项。只有18日，还有它所有的奇特之处。

现在，18日是有三个人的日子。如果我们找到拉尔夫·克恩的话，就是四个人。或者更多，为什么我们只有四个人？我们可以有五个人、八个人或者三十七个人？但为什么是我们？为什么奥尔加·佩里蒂会被困在时间里？一个17岁的孩子当初怎么会被困在11月的一天？没道理啊。

收拾完屋子后，我把最后一点儿食物装进补给箱，带上补给箱和包，锁好门，回到自己家。到了家，我径直走了进去。门没锁，如果托马斯听见了，我会告诉他一切，但他没听见，我就坐在房间里，直到他拿起外套，带着包裹和信件去邮局。

我听到他出去的声音。我在家里度过了整个下午，洗了澡，收拾了东西。我在栅栏边瞥见了他，我听到他把自己锁在里面，但现在我知道我不会让他跟我走了。

我坐在房间里聆听他所有的声音，但我知道我必须找到其他的声音，留在现有的声音里没有意义。我还知道，如果我提出要求，他是不会跟我走的。我想他会告诉我，他认为我们应该再等等看。

第1653次

今天一大早，托马斯还没起床，我就穿好衣服，把包背在肩上。我走到车站，买了票，等着火车。上了车，我在车厢后面的座位上坐了下来。我的包里装满了咖啡、剩下的脆面包和一些罐头，好像要去进行一次小型探险。我不知道自己为什么要囤货，也不知道自己为什么没有在离开前和托马斯道别。我好不容易想到，至少可以请他陪我一起去车站，但很快又放弃了这个念头。难道他会在我登上开往里尔的火车时挥手道别吗？难道我要把他从他的早晨里拖出来，看他在站台上挥手？

我无法想象，我想象不出那个画面，我很难想象托马斯向火车挥手的样子。现在我觉得他最好留在原地。他感觉很奇怪，不对，像是背叛。但我也觉得，这是自11月18日开始重复以来，我第一次因为有事要做而离开。有人需要我，需要我的帮助。

现在我刚刚离开里尔车站。我换了火车，正在路上。我想到了旅行和探险、奥德赛和探险、士兵和冒险家、水手和商旅。我看到路上的商队、登船和离船。我想象着四处奔波的工匠、探险家、环球旅行家和背着行囊的科学家。我想到了商人和水手，想到了被征召和部署。

我看到港口、码头和火车站上的告别。我想到城墙上骆驼整装待发。马鞍上驮着一捆捆布匹和一袋袋香料。然后大篷车出发了。谁会回来？我们不知道。

我想到年轻人奔向大海。我看到帆船、捕鲸船和蒸汽船。我想到军队和朝圣者，他们带着武器、骑着马或徒步旅行。我想到前往遥远大学的旅行者，他们的行囊里装着金币，准备在那里逗留数年。他们能到达那里吗？他们会在途中被抢劫吗？他们会带着学识回来吗？带着战利品和灵魂上的伤疤？带着手上的老茧和肩上的行囊归来？他们会浪子回头吗？他们会回来吗？

他们这样做是为了什么？为了荣誉和黄金？为了信仰、家园和归宿？为了自由和希望？为了寻找幸福和打败敌人？为了知识和记录，为了带着装满动植物的包裹回家？为了未知物种、战利品和新天地，还是仅仅为了生存，为了某种生活？

我想起了旅行家奥德修斯、航海家辛巴达和旅行家格列佛。他们是真实存在的，也是别人杜撰出来的。我想到了在家等待的妇女、耐心的织布女工、焦躁不安的母亲、在等待中变老的少女。

我想起黑白电影中，妇女们在士兵前往战场的路上向他们挥手致意。当火车消失时，她们一只手臂在空中挥舞着旗帜，另一只手臂上坐着一个伸展完美而保持平衡的孩子，站台上奏响了音乐。

在日光之下，挥手让男人离开的是女人。然后我想到了离开家庭的女人，但那是另一回事——离开丈夫、孩子或年迈父母的女人。现在我想象不出画面。我看不到欢送会，听不到欢呼声。我没有看到骆驼在城墙上等候，我没有看到妇女们摇摇晃晃地骑上马鞍，也没有看到她们在音乐声中漫步。我没有看到成群结队的妇女走向世界，也没有看到男人在站台上挥手致意。她们是在黑夜的掩护下出行吗？她们是独自潜入黑夜吗，在孩子们熟睡的时候？她们是否在清晨的曙光中悄悄出门，然后在身后悄无声息地关上房门？她们是否在几乎荒废的车站里，看一眼蓝色标志上的镇名，然后道别？我不知道，但我没看到有人挥手。

也许在开始移动的那一刻，她们就是孤独的。没有人给她们拍照，或讲述她们的故事。也许她们太稀有，无法被摄影师捕捉到，也可能摄影师睁一只眼闭一只眼。也许她们是异类——我们宁愿遗忘的东西，比如玉米穗上紫色的疖子，还有饭菜里的米虫。也许亨利是对的：有些故事不见了。我不知道，但我想象不出任何浪子回头的画面。但我有我妈妈，她就坐在我以前房间床边的椅子上，准备召集全家人，庆祝突如其来的假期。我想我最后一定会成功的，会找到离开的办法的，谁说我总是做我认为正确的事？我不知道被困在11月18日是否正确，但我知道我不能只是坐在面对花园和柴堆的房间里，什么都不做。我不知道自己是被征召入伍，还是已被部署到边境。我不知道自己是个弃子，还是个逃兵。

我在火车上。这不是一次远征，我想，如果我是去干大事的话，坐在这里想想被征召的人和被遗弃的人也是有意义的。这不只是一个破碎的日子。不能只是因为一个年轻的女人敲了敲窗户，而且她不是一只鸟儿。

我离开了托马斯，没有人向我挥手。但如果我走了，他会等我吗？等几个月？等几年？

如果他知道他在等一个可能不会回来的人呢？但他不知道。他在房子里醒来。他想我明天就会回来，没过多久，他就走进客厅，坐在窗边的扶手椅上，面朝大路。在等待的时间里，他要么看书，要么看11月的雨。

他在等的人是我。也许他会等很久，也许我不会回来，也许我会消失在11月18日的某个地方。

第*1654*次

我回来时，亨利正在公寓里等我。他说有点儿晚了，不过没关系。奥尔加出去找人了，但我刚到她就回来了，现在我们有三个人了，也许是四个。

亨利·戴尔大部分时间都在伊萨卡度过，几乎每天都能见到他儿子。他开车在附近转悠，努力让自己看起来像他儿子的父亲。但他说，要像自己很难，他觉得越来越难了。

我告诉他托马斯的事。关于悄悄接近声音，捕捉一点儿失去的东西。当你走近时，声音不再是空壳。那是一个豁然开朗的世界。但随着我开始四处旅行，接近一切，我的日子也变得无形起来。我的模式被打破了。黑夜和白昼融为一体。你可以穿着羊毛袜子四处走动。无声、无边、无形。但奥尔加·佩里蒂出现了，至少我们可以帮她找到拉尔夫·克恩，或者尝试着去找他。

第1668次

奥尔加和我睡在卧室的双人床上，亨利则睡在客厅的沙发床上。他还买了两把折叠椅，晚上把它们折叠起来放在床下，至今还没有消失。每天早上，我很早就起床，去莫勒咖啡馆或几条街外的咖啡馆喝咖啡，我独自开始一天的生活。奥尔加和亨利起床后一起吃早餐。

搜索开始了。我们制订计划，讨论策略。我们制作了海报，打印出来并悬挂起来。奥尔加有一张在拉尔夫的公寓里冰箱上找到的照片。那是半张照片，因为她不得不把一个朋友剪下。我们把照片放大、打印，然后贴在我们的海报上。我们带着大幅画像去火车站和海报专栏。奥尔加列出了全国各地医院和警察局的名单，每天晚上我们中的一个人都会打电话询问白天拉尔夫是否出现过。

通常是奥尔加打电话，她会先在公寓里转一圈。她在院子里走了一会儿，突然拿出手机。我看到她拿着电话号码表站在外面时，手在微微颤抖，但她还没有收到她担心的反馈信息：他出事了。

这是一种改变：我们有了使命。有人需要我们，我们这么想，奥尔加也这么想。她认为找到拉尔夫·克恩很重要。现在我也这么认为，还有亨利。我们认为必须找到他——拉尔夫·克恩。我们不认识他，但我们觉得越来越了解他了，因为每晚奥尔加都在谈论他。她试图描述他是谁，他可能会出现在什么地方，以及他为什么会消失。

你能听出他们有分歧。她绕着圈子谈论他们的分歧。他们在很多事情上都有分歧。最重要的是，他们在如何对待这个破碎的世界上有不同意见。亨利和我起初都以为她说的是时间的缺陷，但她不是这个意思，他们的分歧也不在于此。事实上，听起来他们都不太在乎自己所处的时间循环。他们关心的是其他的一切，是不断发生的事故和悲剧、受伤的人、疾病和不幸、暴行、不公正和贫穷。

很明显，他们彼此欣赏。他们共同经历了一次谁也无法想象的旅行。同样显而易见的是，他们都坚信，他们被困在时间里是因为他们必须遇见对方，不仅如此，他们必须让世界变得更美好。他们相信，这就是为什么他们会被困在这个不断重复的时间里，但他们并没有就如何去做达成一致。

事实上，奥尔加不明白为什么我和亨利都没有得出同样的结论。她惊奇地发现，我当时只想着怎样才能造成最小的破坏，留下最少的痕迹，诸如此类的事情，而不是改变世界。她说“真正的改变”，但没有告诉我们她的意思，也没有告诉我们怎么可能改变第二天早上看起来和前一天早上一模一样的东西。

对于如何解决问题，拉尔夫·克恩有自己的想法。起初，他只想介入他们在途中遇到的事故，但后来他开始有了自己更宏大的计划。突然间，拉尔夫想去一个有人从脚手架上摔下来的建筑工地，然后他又想去处理另一起车祸，接着他想在病人知道自己即将死去之前把他们送到医院。

她并不是反对这样做。你可以争论拯救一个人是否有意义，反正他已经被11月18日的重演救活了，第二天早上醒来就像什么都没发生过一样，但这也不是问题所在。她的问题是——这也是她一直回想的——他没有真正解决问题，没有解决结构性的问题和基础性的问题。

她说，拉尔夫明白她的意思，但他有不同的想法。当他们从英格兰出发时，他们的分歧达到了顶点。他们乘坐渡轮来到加来[1]，然后沿着海岸线向北行驶。他们参观了一个风暴潮博物馆，正如奥尔加所说，那是压垮骆驼的最后一根稻草。他们坐在海岸边的堤坝旁，任由冲突升级。奥尔加说，尽管拉尔夫的出发点是好的，但他口袋里装着世界上最小的沙袋，他走来走去，根本没有意识到自己正处于一场巨大的风暴之中。他修补了堤坝上的小洞，但他对风暴和洞口都判断失误。拉尔夫想纠正细节，而奥尔加则想改变系统。她相信要找到原因，而拉尔夫认为奥尔加想把海水抽干。奥尔加声称拉尔夫就喜欢纠正逗号，拉尔夫不相信做事只有一种方法。你必须面对这个世界上所有的缺陷。在开始改正错误之前，不能花时间讨论错误的严重性。拉尔夫认为奥尔加忽略了堤坝的重要性，还有水闸。有时你需要沙袋，但如果你筑起了适当的堤坝，你就不必把海水抽干了。你可以把大海留给鱼儿，他说。当堤坝是解决问题的办法时，你就会修建堤坝。你建造水闸和水坝。水是事实，水不是系统故障，水就是水，他说。奥尔加认为他拒绝看到问题所在。

她说，讨论就是这样来来回回地进行着，一个糟糕

---

① 法国最大的客运港，有铁路、渡轮通英国，临加来海峡(多佛尔海峡)，距英国多佛尔港仅约38千米。

的比较接着一个糟糕的比较。他们从未达成一致，奥尔加说。水不仅仅是水，水会上升，造成洪水、破坏，带来痛苦。洪水可能是由气候变化、贪婪、邪恶、愚蠢或运气不好造成的，但如果是人为的，水就不仅仅是水，而是我们放进来的水。如果是糟糕的房屋、糟糕的堤坝和糟糕的决策造成的，如果穷人被淹而富人不会，如果付出代价的总是同样的人，那么随身携带一个可笑的沙袋也无济于事。这就是系统故障，那么水就不仅仅是水了。

她相信要找到根本原因。她告诉他，应该通过改变系统来解决系统故障，不是他所有的逗号。但他说，他要拯救的是人的生命，他很生气，因为他以为她说人的生命就是逗号。在哪本书里，人的生命是一个逗号？你在读什么书？他说，我们来谈谈吧，我们来讨论系统错误，逗号对逗号，诸如此类。她只是回答“滚开”，并咆哮着对他说，她不是逗号，她是句号，然后走开了。

晚上，当我们坐在公寓里时，通常是在奥尔加给所有医院打过电话之后，我们才会得到他们分歧的详细描述。但她说，我们不能误解她。她并不是认为帮忙有什么不对，比如在铁路道口阻止一个注意力不集中的孩子，帮助一个有自杀倾向的人，阻止一次袭击，防止一次工作事故。但是，如果问题出在火车站缺乏安全，而这又是由股东要求更高的回报造成的，或者如果是人们的生活条件造成了危急情况，那就不一样了。如果一个在交通事故中丧生的孩子是在上学的路上，因为没吃早饭而注意力不集中导致事故的发生，这就是需要改变的地方。在父母买得起早餐之前，孩子们是不会得救的。即使拉尔夫把整个11月18日从死亡、事故、袭击、火灾和倒塌的建筑物中拯救出来，即使我们突然找到了摆脱18日的办法，19日还会有新的灾难，她说，20日又是充满错误的一天。越来越多的失败，越来越大的失败，你越是试图进行紧急修复，真正的问题就越多。

原则上，拉尔夫的做法并没有错，但她认为这样做也不对。她不想在没有抓住改变世界的机会时就回到她所说的正常时间。她认为，重复是一种选择。为了看得更清楚一点儿，她说，为了擦亮她那该死的眼球。

他们不是只讨论过一次，而是一次又一次。拉尔夫继续收集重大事件。奥尔加说是死亡和毁灭。后来他们分道扬镳了。她想，他想治标，她想找出原因，想改变制度和结构。他不认为人们的生死是症状，那是11月18日发生的真实事件。

奥尔加说，事实是，我们俩都不对，因为在11月18日这天并没有发生什么真实的事情。这就像一场梦，你无能为力。问题是如何做好醒来的准备。

他们沿着海岸线向北走，参观了几个沿海小城，但经过几次讨论后，周围的景观、海岸线、堤坝和该地区正在进行的无数海防工程都说明了这一点，他们产生了严重分歧，不得不分道扬镳。她说，不仅仅是几天。

奥尔加决定步行，她想散步。他们说好在不来梅见面，但没说好时间，只说总有一天会在拉尔夫的公寓见面。

谈到拉尔夫时，奥尔加的语气变了。当她回忆起他们的对话时，她的语气听起来像是不可调和的争吵，但当她谈到拉尔夫时，她的语气变得外交化，近乎温和。她说起他时，仿佛他是一个需要帮助的人、一个受到伤害或迷失方向的人。听起来，她好像扮演了他的帮手和老师的角色，而现在她想念她的学生了。显然，我和亨利学得还不够。

当奥尔加和拉尔夫各奔东西时，奥尔加已经开始向北走了。她通常从早上开始走，到了傍晚就找个地方睡觉。

她走过了西弗里西亚群岛，一直走到东弗里西亚。[1]她给我们看了一张地图，上面有一排岛屿，她描述了她从一个岛屿到另一个岛屿的旅程。大部分时间她都是沿着岛屿的西海岸步行，有时走累了，她会乘坐公共汽车或借一辆自行车。

随着向北旅行，早晨的雾越来越大，她开始在晨雾和平静的天气中散步。后来，雾散了，风也大了起来。她在岛屿之间乘坐渡轮，在没有渡轮的地方，她有时会搭渔夫的渔船。偶尔，当下午起风时，她会搭乘少数仍停泊在小港口的游艇前往附近的岛屿。在有些地方，要想走得更远，只能前往大陆，沿着海岸线步行，然后从旁边的沿海城镇搭乘渡轮。有时，在退潮时，她可以带着指南针和蛙鞋，涉水从一个岛到另一个岛，越过无人居住的沙岸，或者越过伸出浅水区的小海岛。有的岛中央有几间房子，有的则是光秃秃的路面。她就这样走了一天又一天。一开始，她住在旅店和几乎荒废的旅馆里，这些旅馆都是她在一天的徒步旅行结束后的下午找到的。有些岛屿上有一些半大的城镇，夏季生活热闹，但秋季明显安静下来。很

① 弗里西亚群岛位于北欧海岸外，呈链条状，分为东弗里西亚群岛、西弗里西亚群岛和北弗里西亚群岛。

快，她就只进城去买补给品了，在整个旅行过程中，她都能找到废弃的避暑屋、谷仓或后院小屋睡觉。她带着一个小背包和一个几乎可以折叠成小方块的睡袋，在晨雾和午后的微风中，在一连串的岛屿上自由穿行。

有一次她沿着海岸线前进时，她曾考虑转向东，从内陆前往不来梅，但她没有这么做，而是沿着海岸线继续前行，穿过北弗里西亚群岛，直到到达瓦登海的岛屿，在那里她搭上了一艘救生艇，并最终搭上了前往大陆的渡轮。

到处都在提醒人们，过去这些岛屿上的生活是多么贫困，以及未来洪水泛滥的风险。到处都有高水位标记和风暴潮标记，有几个地方的堤坝正在加固。许多施工项目都有挖掘机和搬运车在辛勤地搬运碎石和沙子，这让她想起了拉尔夫和她之间的讨论。但不管是拉尔夫的计划，还是这里的这些施工项目，最终完成都需要很长时间。她回到不来梅时，几乎找不到拉尔夫的踪迹，只有他厨房水槽里的几个盘子，盘子里的食物已经干瘪，原则上，这些盘子可能是他们离开前留下的。

奥尔加在公寓里等了几天，但拉尔夫并没有出现，当她联系他的工作单位时，却被告知根据他们的系统，他在外面有工作。最后，当她坚持要了解更多信息时，拉尔夫的一位同事说拉尔夫与科隆的一家公司有一个合作项目，但她只能了解到这些。

同一天，她在不来梅火车站的停车场发现了拉尔夫的汽车。她想，他对事故和突发事件的担心让他对开车感到焦虑，如果他要去科隆，一定是坐火车去的。就在那天晚上，她去了科隆，每天都坐在车站等待。她找到了一个地方，她坚信拉尔夫如果要坐火车，一定会经过那里。

亨利很疑惑她的想法：为什么他们意见分歧如此之大，找到他却如此重要呢？她说，他们并没有真正的分歧，当然他们也不是情侣，如果他是这么想的话。他是我的朋友，她说。朋友不会说没就没了。你可以不同意你朋友的见解，但你不能让他们消失。

这就是为什么亨利·戴尔来的时候，她一直坐在科隆车站的原因。几天后，她已经习惯了旅客的规律、乘客的来来往往、会面时间和工作人员的小差事。她确信，如果拉尔夫经过，她一定会发现他。他会打破这种模式，她会立刻认出他来。

但拉尔夫·克恩没能经过，打破常规的是亨利。当奥尔加发现他并意识到他不是拉尔夫·克恩时，她立刻明白他是个走错了路的人。虽然不是她所希望的那个人，但正如她所说，总比没有好。

第1684次

我们分头行动。起初，我们轮流在各个车站张贴海报。我们与工作人员和乘客交谈，现在亨利已经在几个车站建立了联系。在他的组织下，我们每天早上都会向车站的特定人员发送海报，并简要说明寻找拉尔夫的重要性。他们将海报打印出来，每天早上，都会到处张贴拉尔夫·克恩的新照片。

我们让车站工作人员张贴的海报都是普通的寻人启事，因为如果让他们张贴难以理解的信息，事情就会更加困难。它们包含不同的信息，比如请拉尔夫·克恩联系他的近亲，或请他联系奥尔加·佩里蒂，上面有奥尔加的电话号码，等等。另一方面，我们自己的印刷品则是奇怪而醒目的，其中有11月18日的典故、时间循环，以及我们几个人都在寻找他的信息。在我们的一些海报中，有奥尔加站在一个巨大沙袋前的照片，还有一些则色彩斑斓，令人目不暇接。上面有拉尔夫·克恩的名字，还有一条让他联系奥尔加·佩里蒂的信息，也有塔拉·塞尔特和亨利·戴尔的名字，还有我们三个人的照片，以及他在不来梅的公寓的照片，上面写着我们在等他。

我们把海报放在公寓里，直到确定它们不会消失。然后我们就出去把它们挂起来。通常由亨利来做。我负责大部分的制作和设计。我开始怀疑我们能否找到拉尔夫·克恩。他为什么还不回他在不来梅的公寓？我不会告诉奥尔加，但我们机会渺茫。

第*1698*次

奥尔加去了不来梅。我能感觉到她很担心。她搬进了拉尔夫的公寓，关注着拉尔夫常去的地方，但还是没有他的踪迹。

现在，搜寻工作已成为例行之事。我们每天早上都会在车站张贴通知，我们已经开始考虑下一步行动。我们联系了几家监控公司，对不同地点进行监控。经过反复尝试，奥尔加让拉尔夫的一位同事提供了他一直合作的公司的信息。她从他最亲密的同事口中套出了一些信息，第二天她又利用这些信息向另一位同事发出了保密信号，于是她又得到了其他信息，最终她在几个城市都有了联系人，但这还没有让她找到拉尔夫·克恩。

与此同时，我们正在考虑其他解决方案。你可以做很多事情。亨利已经拜访了几家侦探事务所，但问题是他们还没准备好马上开始调查。他们认为一切都可以等到第二天。

第*1732*次

今天，奥尔加从不来梅打来电话，拉尔夫和她一起坐在他的公寓里。他来到汉诺威[①]火车站，亨利刚刚在那里张贴上了我们的几张海报，然后就去柏林了。我当时正在杜塞尔多夫的一家印刷厂组织印刷几张特别大的海报，而

① 德国西北部城市。

奥尔加打来电话时，亨利已经独自离开，到了柏林。

拉尔夫在汉诺威看到的是奥尔加和沙袋的海报。他立即返回不来梅，来到公寓，公寓里显然有人住过的痕迹。他一直等到奥尔加回到公寓，他们团聚时，她立即给我们打了电话。

我正在去不来梅的路上。亨利正在从柏林赶来的路上，他刚刚在柏林的几个车站张贴了海报，但现在已经不需要了。

第*1733*次

我们在拉尔夫位于亨塞尔大街的公寓见面，离火车站不远。亨利和我住在我曾住过几次的酒店，从这里步行到拉尔夫的公寓只需几分钟。

这是一次奇怪的会面。我们围坐在不来梅市中心的一张小桌旁。亨利从酒店附近的泰国餐厅带来了食物，我带了一打从超市淘来的比利时啤酒，最后我们分享了拉尔夫放在厨房橱柜里的一大盒巧克力。巧克力的保质期很长，但颜色灰暗，有点儿干，仿佛时间已经在巧克力中沉淀。仿佛它决定追随拉尔夫·克恩的时间，或奥尔加的时间，或它所追随的任何时间。就好像亨塞尔大街公寓里的巧克力打开了一扇小门，通往一个时间的车轮滚滚向前的世界。欢迎来到一个巧克力会变老变灰的世界，拉尔夫一边打开盒子一边说道。

我们就在那里，四个奇怪的人在一个时间停止的世界里最终走向死亡。虽然很奇怪，但并没有让人感到不舒服。几乎是欢快的拉尔夫·克恩毫发无损，亨利·戴尔几天没刮胡子，开始长胡子了。奥尔加松了一口气，巧克力也没坏。嗯，几乎没有。

拉尔夫·克恩已经忘记了时间。他和奥尔加分开后回到了不来梅，慢慢地，他越来越专注于一个项目，稍后他将向我们详细介绍这个项目。这个项目源于他与奥尔加旅行时的观察和思考。在不来梅完成项目的第一部分后，他前往科隆，寻求一位同事的帮助，回来后等待奥尔加，但她一直没有出现。之后，他继续工作，并再次前往科隆。他一直以为自己过几天就会回来，只是需要敲定一些细节，但他遇到了问题，不得不寻求其他同事的帮助。于是他去了汉诺威，在火车站突然看到了一张海报，上面有奥尔加的大幅照片，还有一条立即与她联系的信息。他来到不来梅，就在这里。我们也在这里。

傍晚时分，我和亨利回到了旅馆，留下奥尔加和拉尔夫两人独处。他们开始讨论拉尔夫的项目，我们第二天会听到更多关于这个项目的消息。

今天我们上午11点就到了，拉尔夫想知道我们是希望用德语还是英语来听他的演讲。他想长话短说，但如果必须用英语，他想多做一些准备。我说德语可以。亨利耸耸肩，说随便你。奥尔加认为英语更好，因为我的德语太差了，但我说没关系。我说，我虽然德语口语不好，但听力还行，而且如果有什么不懂的，我可以问他。

我们离开公寓之前，拉尔夫和奥尔加似乎又开始了刚才的讨论。我们让他们继续讨论，自己走回酒店，穿过广场，那里已经提前挂上了准备庆祝圣诞节的彩灯，但还没有亮灯。亨利说他很好奇我们第二天到达时，公寓里是否还会有两个人。我认为会有的。

第1734次

公寓里有两个人，当我们在上午11点前到达时，他们已经为我们的会面做好了准备。托盘上放着玻璃杯和蓝色矿泉水瓶，还有一盘咸饼干、一碗用金色纸包装的糖果和四把椅子，正对着拉尔夫桌上的屏幕。

拉尔夫上午11点准时开始工作。他感谢我们的到来，并概述了他的演讲内容。这是一个我不了解的世界。拉尔夫的演讲充斥着各种词语和概念，我只有拓展思维、倾听并坚持去理解这些词语和概念，我做到了，我努力拓展着思维并倾听。

我以为拉尔夫·克恩一开始就属于另一个物种。他的演讲短小精悍，直奔主题，至少一开始是这样。他的项目有名字，他有计划。他说，这一切都很简单。在不来梅办事处的同事以及科隆和汉诺威专家的帮助下——并通过说服他们每天下班后帮助他——他一直在开发一个名为“BeDaZy”的项目，他说这是“Better Day Zystem”（“为了更好的明天”项目）的缩写。“Zystem”这个词是为了纪念奥尔加，因为她总是批评他不愿看到系统故障。他选择边缘锋利的“Z”来提醒我们，变革之路并不总是光滑的曲线。你可能会在途中遇到锋利的边缘。

亨利和我面面相觑，也许我们才是锋利的边缘。奥尔加一言不发，而拉尔夫则说，如果你选择这样发音的话，“bedazy”这个名字与“懒惰”[1]押韵。他说，因为他知道，在一些人眼中，比如奥尔加，他的项目纯粹是懒惰，精神上的懒惰，所有这一切。但是，他说，有一个很大的“但是”。有时候，这种懒惰，你开始修复而不是更换一切，可能是必要的。

是的，他一边说着，一边把图片换成了一只挂在树上的树懒。他知道这是一种懒惰版的服务，在这种服务中，你实际上不用做任何事，只是让别人意识到生命的危险和风险就好，因此不必对自己的行为负责。他还没有考虑过道德方面的影响，他意识到这一路上还有很多问题需要解决，但他认为这只是一个开始。亨利点了点头。

拉尔夫说，有时，修复破坏本身就能创造出新的东西。他继续演讲，向我们展示了火灾和其他事故、救护车和直升机救人的图片，以及山体滑坡、洪水和倒塌的建筑

---

① 懒惰的英文为lazy。

物。这些都是11月18日拍摄的照片。有些照片是他和奥尔加一起旅行时拍摄的，有些是她离开后拍摄的，还有些是11月18日新闻中的照片，他一直都在解释，因为他的项目并不是要为我们视野中偶然出现的事件提供救援服务，他有更广阔的视野。

他说，这个计划很简单。让我们假设时间突然改变，我们跳回到了正常的时间线。比如说，有一天我们一觉醒来，发现再也没有11月18日了，今天是11月19日，难道我们没有责任让我们最后度过的这一次11月18日成为这么多11月18日中最美好的一天吗？

他接着说，我们还可以假设，18日发生的许多伤害、火灾、不幸、死亡、悲剧和事故都是可以预防的。我们知道它们会发生，我们可能见过伤者。他们可能是我们的朋友和熟人。如果他们能在18日幸存下来，意味着你不费吹灰之力就能帮助你的朋友，你会选择不去拯救他们吗？你不能改变整个基础，因为你只有一天的时间进行调整，但如果你能改变细节，难道你不应该这样做吗？事实是，我们可以。有了这个程序，如果我们能让它以最佳状态运行，就可以发出警告信息，及时呼叫消防队和救护车。脚手架可以用螺栓固定，屋顶可以安装瓦片。可以修复制动器，分析地基。我们可以收集有关11月18日所有悲剧和事故的信息。我们可以警告那些走向深渊的人。我们可以提醒相关部门，揭露阴暗角落，在暴力事件发生前报告，确保警报和救援设备正常工作。确保每个人都准备好迎接今天的挑战。我们可以强化相关人员的意识，消除一起又一起事件。我们可以每天都这样做，做得越来越好。

拉尔夫一边讲话，一边在屏幕上点击一幅又一幅图像。我相信我不是唯一在拉尔夫讲话期间，尤其是在屏幕上展现过的许多图像的影响下，能够想到世界各地在任何特定时刻正在发生的一切事情的人。我并不是不知道发生了这一切。我一直都知道：当我坐在克利希苏布瓦，看着外面的鸟儿和柴火堆，在白纸上写下太多的长句子时，有人死去，有人致残，有人遭受可怕的事情。当我在给自行车轮胎打气，或者在一个温暖的夏日傍晚品尝着塔可[①]里的墨西哥辣椒时；当我在看罗马奇珍异宝，在庭院里喝咖啡，或者听哲学家讲失去意义的植入物时，这个世界上还有许多人正挣扎在死亡与受伤的边缘。当然，我不知道奥尔加当时在想什么，我不知道她在与拉尔夫讨论她所有的

① 即墨西哥卷饼，是墨西哥的传统食品。

制度变革时，是否想到了那些被洪水淹没或被废墟掩埋的人，也许她在弗里西亚海岸线悠闲漫步时，想到了许多起强奸和谋杀案。

我也不知道亨利在开车环游北美的一些湖泊、阅读但丁的著作，或在某个沙发上思考一些社会学家的问题时，是否想到过有多少童子军、持不同政见者或学生遭到迫害，或者世界各地有多少妇女死于分娩。也许，当他自己坐在大学里撰写简历时，当他勉为其难地履行行政职责时，他一直在思考发生在人类身上的所有苦难。我不知道，但如果他们两人都有过这样的想法，我也不会感到惊讶。我知道，在这短暂的画面流中，在这快速闪烁的画面中，在这匆忙的不幸中，我也努力回想11月18日之前我和托马斯在一起的日子，想起了买一本全皮旧书的乐趣：书中有八块保存完好的1738年的版画，手指翻动清脆的旧纸张时的感觉，扉页上浓烈的红色，在拍卖会上获得高价竞拍机会的喜悦，想到有人在他们的图书馆里遗失了这本特别的书，知道它在几个世纪里从一个书架搬到另一个书架，而现在它静静地落在我们中间，所有的文字都完好无损。然而，在我们享受这些乐趣的同时，在这些书从一个书架搬到另一个书架的这些年里，在有人阅读这些作品的时候，在它被遗忘在尘封的图书馆里，无人触碰，无人阅读的时候，意外和危急事件的数量只增不减。

现在，我已无法确定这些想法的所有细节是否真的在我脑海中闪过，还是仅仅在我观看拉尔夫的演讲时在我的意识中被吹得天花乱坠。也许我并没有完全理解过去几个世纪中发生了多少事故，其中有些可能是我现在回到酒店房间，俯瞰着广场上刚挂起仍未熄灭的圣诞彩灯时才想到的。

但问题是，无论是我们还是我们周围的大多数人，无论在11月18日之前还是在11月18日，我们的大部分时间都是在做这样的事情：什么也不做。是的，大多数人在可能的情况下采取了行动，有时甚至拯救了生命，有些人甚至可能想象自己的所作所为在某种程度上使世界变得更好，也许是一点点。但不少人把大部分时间花在吃饭睡觉、获取食物或讨论问题上，而这些问题大到他们无论如何也解决不了，或者小到几乎无关紧要。

当然，事实是，只要把一切都考虑进去，本可以改变的事件数量是巨大的，尤其是，拉尔夫在这一点上当然是正确的——如果还有人和我们一样了解11月18日，那么我们就有改变事情的极大机会。

拉尔夫一定意识到，这正是他的项目将启动的思维方式，他已经在概述这个系统的大规模潜能，他称之为“大规模潜能”。他说，如果这个系统能够投入使用，它就能每天向所有相关人员发出警告信息，到19日，那些本该在18日死去的人就都活过来了。他说着，点击进入了演示文稿的结尾部分：更多的事故和事件，但这一次是漫无边际的图像，这些图像相互消隐，越来越慢，越来越亮，直到屏幕上只剩下一闪一闪的影子，就像夏日里窗帘上的影子，一片寂静的模糊运动。

奥尔加转过身子，瞥了一眼观众，先是亨利，然后是我。BeDaZy，她说，然后转向拉尔夫。我被这个PPT精彩的演示过程迷住了。

我们都不知道该说什么。拉尔夫·克恩没有让自己被贴上任何标签。相反地，他开始向我们详细介绍他最近访问汉诺威的情况。问题在于如何将信息从一个11月18日传递到下一个11月18日，这也是整个项目可能失败的地方：在一个每晚都在变换的世界里，如何收集、存储和传递积累的知识和信息。包括我们关于世界事件的信息和我们发给相关人员的信息？如何压缩、保存和传输所有这些数据？因为我们无法知道何时才能回到正常时间。他说：

每天晚上，所有的数据都必须以模拟的方式收集和存储起来；每天早上，整个设备都必须重新数字化并启动，然后信息才可能会被留存下来。

拉尔夫在大谈特谈信息转移、永久编目、通道媒体和可传输性，他似乎希望我们也能够理解这些概念。无论如何，他显然是在与他的同事们分享一套更为复杂的技术术语，并试图用他的概念让我们和其他人理解。他说，他想要的是开发一种中间领域，一种连接模拟世界和数字世界的闪电桥梁，速度快到你可以不费吹灰之力地来回转换大量数据，而不会造成信息丢失，速度快到足以拯救生命。

他说，这一过程存在许多变数。他的一些解决方案还要依赖于新的研究，但他还没有走到那一步。他演讲的底线和真正的信息是，就目前的情况而言，实际上是有可能实现一套BeDaZy操作的，尽管只是在相当简单的层面上。

拉尔夫似乎在等待我们的反应。当亨利清了清嗓子，挠了挠刚开始长出的胡子时，拉尔夫快速地朝他的方向看了一眼。也许他只是希望我们保持沉默，原封不动地接受他的项目。

亨利想知道拉尔夫是否真的相信我们迟早会经历一次跳跃，也就是跳到19日，他真的相信，他必须相信，这样他的计划才有意义。他说，某天早上，我们会回到渐进时间。突然之间，我们就进入了19日，然后再想回到18日就太迟了。

当然，他可能是对的，我想，但我再次想知道，为什么他和奥尔加都坚定地认为，他们之所以被困在11月18日，是因为他们被赋予了一项任务。对现实进行某种优化，要么是大修，要么是排除故障和调整细节。奥尔加经常听起来像是来到了一个到处都是问题建筑的世界，而她的任务就是拆除这些建筑。拉尔夫听起来就像是被赋予了打理花园、修剪树木、耙平园路和拔除杂草的任务。一方面，听起来，他似乎相信，只要修剪得当，精心照料，就能改变一切，从地下水到土壤质量。另一方面，奥尔加听起来似乎相信，拆除所有有缺陷的系统本身就会创造出新的系统，而新的系统会自动比旧的系统更好。

最后，由于演讲比预期的要长，拉尔夫对此表示歉意，但他很高兴我们能来。他说，我们人越多，就能收集到越多的事故。就是这么简单，人越多越好。他看了看奥尔加，又看了看亨利，看了看我，又看了看奥尔加。我们已经被雇用到他的项目里了，这很明显。

我没有被说服。首先，我想知道他对存储本身的了解有多深；其次，对18日中的每一次干预都可能改变今天的进程这一事实，我想听听他的看法。他如何看待我们在救援过程中推动了一些事件的发生，而这些事件可能会通过多米诺骨牌效应引发其他重大事件。比如事故，比如死亡。

他现在长篇大论地解释了反模拟存储原理，以及我们的信息在活动之前必须经过的转换过程。但他非常肯定这能行。技术基本上就在那里，或者就在不远处。

对于我的第二个问题，他只能说，这是我们所在的社会中已经潜伏的问题。每一次救援，每一次伸出的手，每一次助人为乐的行为，都是对世界进程的改变。他的系统为我们提供了一个机会，让我们自己多采取一点儿这样的行动，既然我们有一个独特的机会来实施我们的救援行动，我们应该抓住这个机会。至少对它们进行微调，使它们不会产生意想不到的后果。

亨利说，这听起来像是在为审判日做准备。这一天，我们要拯救整个世界，或者至少拯救所有那些想得到拯救并愿意听从警告的人。

拉尔夫看着奥尔加，他显然不知道该怎么办。他为她创建了这个系统，就好像他想象过他和奥尔加会一起拯救世界一样。现在，我们突然变成了四个人，但他还不能确定我和亨利是不是值得信赖的伙伴。现在，我们只是问问题。奥尔加又开始谈论这个世界的结构性问题，这个世界随时都会产生新的灾难和突发事件，而这些灾难和突发事件如果从根本上解决，是可以避免的。

现在，亨利作为拉尔夫的支持者站了出来。他有些迟疑地说，有一件事他经常想不通，而通过奥尔加和拉尔夫之间的冲突，这件事变得更加清晰了。他迟疑了一下，用比平时更柔和的声音开始谈起他的学生。他一直在想，许多学生在学习期间都经历了某种发展。通常情况下，他最年轻的学生都认为，社会中的大多数问题是结构性的。整个基础中存在一些基本缺陷，需要被打破和改变。有缺陷的建筑和整个社会的结构必须被揭露、攻击、打破等，这样才能产生新的东西。

但他的许多高年级学生却将失败视为文化问题。需要改变的不一定是基本的社会结构。相反地，问题在于文化习惯，是人们的偏见或习得的机制。有些东西是可以通过努力改变的，通常可以通过意识、知识、洞察力来改变，尤其是自我意识。他说，这是一种自我公正、自我批评、自我完善的形式，一旦你开始清扫自己的家，自然也就有权要求周围的环境有所改善。他的学生们接受教育的程度越深，就越倾向于把社会问题看作是他们必须纠正的问题。这是他们自己的问题，而且他们自己已经理解并意识到了这些问题，也是他人的问题。换句话说，首先是结构性批判，然后是文化批判、社会批判，最后是自我批判。他认为，我们可以从这个角度来看待奥尔加和拉尔夫之间的讨论。

当然，奥尔加说，下一步就是开始分析和想办法。你分析得越多，想的办法越多，你就会在梯子上越爬越高，直到最后把梯子踢翻，然后你坐在那里。你只是用温和的语气口头教育，而你的学生都还是孩子，他们试图寻找的也不过是简单的解决方法或者放任自流，最后自然就是什么都无法改变。

我想他们之前一定讨论过这个问题。听起来亨利好像跟奥尔加说过他想去大学工作的想法。我正准备提起我和那位掉了牙的哲学家的奇怪经历。我想说的是，要从怀疑的角度看问题，但话还没说到那一步，幸好被奥尔加打断了，她甩开双臂，转身朝我走来。

我不禁笑了起来，因为她的手臂挥舞得太厉害了，以至于推开了那盘咸饼干，而这盘咸饼干现在已经遍布了桌子和地板。

当我的注意力完全被饼干带走时，奥尔加对我说，醒醒，塔拉。拉尔夫开始大笑，亨利开始捡地上的饼干。

后来，当我和亨利回到旅馆时，亨利说，当他站在那里，弯腰在地上捡饼干的时候，他突然想起了拉斐尔的油画《雅典学院》。他觉得自己就像画中底部的欧几里得，弯着腰在工作，而奥尔加和拉尔夫则像柏拉图和亚里士多德一样站在中央。他说，他几乎不敢动弹，他害怕站起来会破坏画面。

他本想把油画的事告诉他们，但不知道他们会不会觉得好笑。现在他也不知道谁是谁了。当然，他自己就是那个拿着饼干的人。他也不知道我应该是谁。

我说，我也不知道。他必须告诉我，我可以选择谁，也许我不是其中之一。或者，如果他能在角落里给我这个没牙的哲学家找个位置，我说，也许我可以成为他。

顺便说一句，我觉得我们看起来更像四个不来梅音乐家，你在街上随处可见，然后我们开始争论谁是公鸡和狗，谁是驴和猫，但我们无法达成一致。

第1745次

我们已经开过会，讨论未来和我们的住处。我们坚持每百天见一次面，我们属于彼此。我们开会讨论共同的归属，这就是我们要做的。当我们意见一致时，我们属于彼此；当我们意见不一致时，我们也属于彼此。

今天，我们在拉尔夫的公寓里开了个会。虽然我们只是坐在一张桌子旁，但我们还是称之为会议。我们决定会议要有主题，应该有强制出席和固定程序。奥尔加反对强制出席会议。亨利反对固定程序，但固定程序很宽松。强制出席会议只意味着如果你不能出席就必须提前通知。

我们就住在哪里达成了一致。也就是说，一开始我们并不同意，但后来还是同意了。我曾建议我们都搬到杜塞尔多夫，但拉尔夫宁愿留在不来梅，而奥尔加则宁愿听从拉尔夫的意见。拉尔夫希望能去他的工作场所，因为他的项目需要使用扫描仪、存储设备和名字奇怪的程序，我相信他，他可能需要这一切。

现在我们正在找住处。我们看了城里的公寓和郊区的房子。这并不容易，因为我们四个人必须达成一致。11

月 18 日，四个人。谁知道还有没有更多人，也许我们有五个人，八个人，十六个人，也许比现在更多，这并不难想象。

拉尔夫计算过除了我们还有其他人的可能性。比你想象的要多得多，他说，如果我们只有四个人，那么我们能走到一起就是一个奇迹。四个被困在同一天的人相遇的概率太小了，几乎不可能，但如果还有更多的人也被困在这一天，那我们的相遇就很容易理解了。他认为我们需要找一座能容纳四人以上的房子，他说，也许我们应该去找其他人。他说起其他人时，好像的确存在和我们一样被困住的人，好像他们很容易被找到。而我们张贴的海报，就好像是请他们来参加派对的邀请函。奥尔加不确定，也许可以再等等，她说。她见过我们，还让拉尔夫活着回来了，也许这就足够了。

第 *1755* 次

拉尔夫离开了几天，但他回来了。亨利和我去了杜塞尔多夫，我们取回了自己的东西，但不是全部，我拿走了电脑和打印机。我还把装着古罗马硬币的杯子放进了包里。还有咖啡研磨器，因为买个新的会很麻烦。

我已经把一些书和我11月18日的记录打包带回了不来梅，但还没有把我所有的文件和文件夹打包。我稍后再去取，我是这么想的。这些东西都被打包放在卧室的角落里，因为奥尔加搬进来时，所有东西都被清走了。我们有更重要的事情要做，亨利和我回到公寓时，满屋子都是刚印好的海报，还有我们试图找到拉尔夫的痕迹。我和亨利都认为这次任务不会成功。当我们带着所有印刷品站在公寓里时，我们承认了这一点。我们都以为拉尔夫·克恩是在11月18日失踪的。

事实上，我本打算立即把我所有的书籍和论文带到不来梅，我想继续我的研究，亨利称之为“你的研究”，但我并不清楚自己在研究什么。我们借了拉尔夫的车，但我们站在公寓里时，突然觉得把所有东西都带回去是个愚蠢的想法。我们不知道自己要住在哪里，而且除了我自己，很难看到其他人会对过去感兴趣。拉尔夫最感兴趣的是18日的事件和重大事件，奥尔加想象的是一个完全不同的社会、一个崭新的未来，而亨利最感兴趣的则是那些能够描述一个正在崩塌的世界的过去。

我把这一切都留在了房间的角落里。我告诉亨利，这不是过去的一部分。我告诉他我把它看作是未完成的作品，是未来。我想他不明白，但我说的时候他笑了，顺便说一句，我一点儿也不确定罗马人是否愿意和我们一起北上。我不知道我会不会怀念他们，怀念我过去所有的怪物，怀念他们随身携带的一大堆文物，怀念他们不断发出的嘎嘎声。但我会想念下午两小时的阳光，还有我的欧楂树。

第1783次

我们的房子很大，位于不来梅市郊，挨着森林，已经挂售了很久了。房产中介很热心，拉尔夫打电话要求看房时，让他直接带人看房并不难。我和拉尔夫穿戴整齐，开着一辆与房子相称的车，至少与车道上的铁门相称。

我们在大门口见到了中介。他带我们进门时，我们很容易就看到了密码，在参观并表明购买意向后，我们和他一起回到了办公室。他在隔壁的房间里为我们打印文件，我们则从他的钥匙柜里借了一串钥匙，很快我们就离开了办公室，接上奥尔加和亨利回了家。我们本可以破门而入，但既然密码和钥匙这么容易就能拿到，就没必要这么做了。

据拉尔夫说，这里的许多房子都很大，通常要卖很久，因为它们不过是房主洗钱和避税的工具。我不知道拉尔夫从哪里得到的消息，但这并不重要。现在，我们才是这里的主人。

我们很少看到邻居，房子都很分散，很多都隐藏在植被后面，几乎就像房子周围的小森林。我们家的车道一侧被树木遮挡，另一侧是一堵墙，邻居家的房子离小区很远，没人会注意到有新住户搬进来，即使注意到了，也不会感到好奇，因为好奇心可能会走向反面。

只有在穿过锻铁大门并将其关闭之后，才能发现这座房子本身的美：骤然平静的气氛、通往房屋的弧形瓷砖甬道、门上的雕刻、结构比例简单的房间，以及即使在灰蒙蒙的天空下也能让人感到亲切的采光窗。一楼有几间客厅，一间有壁炉，另一间有吱吱作响的大地板和通往花园的门。还有一个大厨房，厨房后面有几个房间，房子中央有一个温室，面向大草坪和草坪尽头蜿蜒的小溪。在这里，我们可以在温暖、灰暗的光线下坐上大半天。

最初几天，我们在空荡荡的房子里走来走去，听着房间里的回声，但没过多久我们就有了家的感觉。第一天晚上，我们睡在空荡荡的壁炉房里，床垫是从拉尔夫的公寓里拉过来的。奥尔加躺在她的睡袋里，她说睡袋里还残留着弗里西亚群岛海水的气味，亨利从旅馆里带了一条羽绒被，因为买一条新的太麻烦了。他放弃了留胡子的打算。胡子长得太慢，而且他不喜欢胡子上出现的灰色斑点。拉尔夫打开了一瓶香槟，这瓶香槟和几个杯子一起摆在温室里，显然是买来装饰房产中介的照片的，因为杯子底部还贴着小标签。

还有塔拉——塔拉·塞尔特，她拿着杯子在空荡荡的木地板上走来走去，然后和其他人一起坐下。奥尔加问我在想什么，我说我在想我到底来这里做什么。这并不是因为我不开心，也不是因为悲伤或失落，我说，这只是一个问题。

我不觉得自己不快乐，我觉得自己是他们的朋友。但我不知道自己在这里做什么，如果有人问我，我也不知道该说什么。

第1796次

没人问我们在这里做什么，反正也不是什么很有趣的事情。我们喝咖啡，我们开着拉尔夫的车进城，我们囤积补给品，在房子里安顿下来。如果听说有事故和重大事件发生，我们就为拉尔夫收集信息。他想要确切的时间、坐标和联系方式，但他的项目还没有进展到可以启动的程度，所以他把这些信息保存在自己的档案里。

我不喜欢这些意外。我不喜欢它们发生，但也不喜欢知道它们发生。它们让我想到更多的事故，想到所有我还没有听说过的事故。如果我听说有人从脚手架上摔下来，我就会想还有更多事故。我觉得我在辜负那些我还没有听说过的人。那些我没有照顾到的坠楼者，我还没有得到他们的坐标和联系电话。

大事故让我想起小事故。因为机器断了的一只手、断掉的一只胳膊、扭伤的一只脚。

如果可以预防，我就有责任去预防。如果我没有听到它们的消息，是因为我在做其他事情而不是在寻找它们，那也是我的责任。我聆听交通报告，向拉尔夫报告大大小小的事故和重大事件，但我尤其关注那些隐藏的事故。如果我们知道发生了这些事，我们就能阻止它们——事件的源流、世界的错误，以及所有的悲伤。

我讲了关于那个心碎的年轻女人在不来梅下了火车的事情，她是如何带着大箱子离开火车的，还有在车站迎接她的母亲。我怎么能够知道她会被照顾得很好？

奥尔加认为，这类事故不属于我们的工作范围，他们不过是无病呻吟的有钱人罢了。一个等着抱孙子的老年妇女、一个失恋的年轻女子，有什么值得我们留意和帮助的？她说，如果你必须帮助他们，你会很忙的。她相信没有我他们也会过得很好。

第1803次

日常生活是我们最忙碌的事情，要操心各种琐事。我和奥尔加用拉尔夫的车每次都只能带回来一两袋木柴，以免木柴第二天就消失不见了。

当我们需要什么东西的时候，就会去地下室，因为刚到这里没多久，奥尔加就发现了厨房后面走廊上的那扇门。门是锁着的，但可以用柜里的钥匙打开。奥尔加立刻去地下室探险，回来后她坚持要我们一起去。房产中介并没有带我们看过这个地方。他只说过房子下面有一个完整的地下室，说那里是一个干燥的好地方。

原来，房子下面有几个房间，里面堆满了家具和物品。如果你从地下室楼梯底部往右走，有一条走廊通向储藏室，里面摆满了装满罐头食品和各种杂货的箱子。货架上的食物足够我们长期食用。有成箱的大米和意大利面，有透明罐装的香肠、橄榄和烤洋蓟，有肥皂、洗衣粉和清洁剂，有咖啡、茶和盒装牛奶，有罐装鱼和蔬菜，有盒装豆制品，有大量罐装番茄制品，还有一个酒窖。酒窖最远，在储藏室后面的一个大房间里。有值得庆祝的事情时，我们通常会去那里。

地下室的另一侧有四五个房间，里面存放着旧家具。当然，这些家具并不是上一个住户使用过的，看起来更像是上一代人把家具打包放在房子的地下室房间里。他们用定制的套子盖住家具，把窗帘和沙发垫放在大箱子里，从箱子里可以闻到一股奇怪的气味，也许是樟脑丸的气味。在地下室的其他房间里，摆放着一排排档案盒和档案柜，其中大部分是空的，其余则堆满了有关飞行和航运的旧杂志。还有几箱书和几箱看起来像财务报表的东西，这几家公司可能早就倒闭了。

我们为起居室添置了家具，虽然不是很多，但不再空荡荡的了。唯一有家具的房间是温室，那里有一张长方形的桌子，周围摆着椅子，但现在我们搬进了旧家具，房间里不再有回声。

最让我们困惑的是储藏室。我不知道以前的住户在为发生什么大事做准备：战争、封困还是饥荒？这些都无从说起，但你可以看到，这些箱子正在一点点地变少，很难让人继续认为，我们在世界上并没有留下什么印记。

实际上，我们都是怪物。四个人并不多，但四个人可以对世界产生巨大影响。我们在地下室看到了这一切，在最近的超市里也开始看到了蛛丝马迹。消失的是蔬菜和面包，酸奶和鸡蛋也不见了，奶酪区越来越空，杏子蜜饯和麦片架也慢慢被清空。

但我们不想成为怪物，我们讨论解决方案。我们组织采购，亨利负责供应。他在快打烊的时候去市场。他购买需要丢弃的面包和蔬菜。他开车去邻近的商店，从一箱箱沾满污渍的香蕉中发现商机；他拖着一箱箱苹果、柠檬或半熟的葡萄；他与当地生产商达成协议，取回需要尽快扔掉的物品。

我们吃的是垃圾，吃的是本该第二天就会被处理掉的废弃物，我们吃的是生产过剩的食物。我们一直喝当地一家啤酒厂的啤酒，这家啤酒厂算错了10月啤酒节的销量。尽管现在不是10月了，我们还能每天享受派对。

第*1811*次

我们逐渐习惯了这个家，或者说这个家逐渐习惯了我们。拉尔夫通常早上去上班，奥尔加睡懒觉，她开始在晚上出去散步。她戴着耳机，耳朵里全是声音，不只是音乐，还有其他一切。她说，这些都是我感兴趣的东西。晚上上楼时，我经常听到她和亨利的争吵声。我喜欢躺在黑暗中聆听他们的声音。他们的声音会改变，变得友好或尖锐。他们的语速加快，有时也会陷入沉默。时间不长，因为过了一会儿，我又听到了开门和关门的声音，是奥尔加在夜里出门了。

我想我应该确保她醒来后能吃点儿东西。如果我让她一个人待着，她什么也不会吃，但她一旦开始吃东西就会有食欲，亨利去买东西时，她会第一个去处理他的发现：她腌制咸菜，烤脆面包和饼干，然后装在大容器里。她会把我们的存货列成清单，如果你不记录从地下室拿东西的时间，就会被训斥。

下午，当拉尔夫开车回来时，奥尔加和我有时会去为壁炉捡木柴，或为房子添置家具。我们买过扶手椅和多余的床垫，几天前我们还订购了一大批木柴，下午很晚才卸到离家不远的柴房。柴房建在我们不用的车库旁边，但它曾经既是车库又是一个小住所。这栋建筑似乎是用来储藏物品的，但里面有一间厨房和一个房间，从小客厅可以俯瞰花园。

木柴送来后，我拿出一把斧头，开始在棚子里的砧板上劈柴。我把它们搬进壁炉房，但没走多远，天就开始黑了。最后，我把剩下的木柴搬进棚子，拿上奥尔加的睡袋。睡在柴堆旁边时，我已经很累了，但尽管我很快就睡着了，夜里我还是醒了好几次，每次柴堆都若无其事地躺着。

第二天，我劈了更多的柴，晚上又睡在棚子里。第三天，我没有睡在棚子里，但早上醒来柴火还在。我不知道为什么我劈柴的时候会更多地想起托马斯，也许是因为平静和单调的动作。或者，我想到的是克利希苏布瓦花园里的柴堆，比如柴堆是如何不受雨水侵蚀的。

第1845次

我们召开了一次关于物品和浪费的会议。我们商定，每个人都可以把自己对会议主题的建议写在纸上，放在厨房桌上的杯子里。我们用的是我从杜塞尔多夫带来的杯子，会议前几天，我们会从杯子里的建议中找出一两个话题。

当我们把所有的笔记都倒在桌子上时，我们决定谈谈浪费，谈谈东西。但奥尔加认为，浪费本身不是一个话题。她认为我们应该另选一个话题。她建议我们谈谈希望。她亲手把写有希望的纸条放进了杯子里，尽管拉尔夫和亨利都认为会议时间太长，但我们还是把“希望”列入了日程。我们把没用过的东西放回了杯子里。古罗马硬币还在那里。亨利坚持说它被放错了地方，但我不知道能不能说它被放错了地方。

我们谈论事物消失的不可预测性，谈论如何让一双鞋不消失。奥尔加在18日没待多久，就意识到一件衣服要穿上五天才能不消失。不是四天，也不是六天，而是五天。拉尔夫有时会把一件衣服穿一个晚上，但并不总是这样，是什么衣服并不重要。我说两天对我来说是正常的，有时是三天，但当我们开始讨论这个话题时，就发现总是有偏差。我想起了我买的一件毛衣。太阳落山后，如果我想坐在维森威格公寓后面的院子里，穿上它很方便，但我并不是特别喜欢它。它是羊毛的，穿在身上有点儿痒，感觉不对，有一天早上它不见了，尽管我已经穿了好几天，有八九天了，晚上还把它放在床上。有一天晚上，我把它放在厨房的椅子上，第二天早上它就不见了。我说我觉得事情取决于我的心情，但只有我一个人这么想。

我们谈过拉尔夫公寓橱柜里变灰的巧克力。我告诉他有淡淡的霉味，还有留在埃尔米塔格厨房里的杂货。我们谈论食物变质或保鲜的问题。我们谈到了时间的力学，谈到了时间的转移和消逝。奥尔加开始把时间说成是相互移动的地壳板块，说成是不同层次的时间，但我说我想的更多的是草丛和杂草，是树篱和花坛，是一起生长或在生长过程中相互遮蔽的东西。

我们谈论过电话和电脑，纸张和铅笔。我们谈论过差异，因为差异总是存在的。我们谈论过沙发和扶手椅。当我们把家具从地下室搬上来时，我们曾考虑过是否应该有一个人睡在客厅里。当我们把东西搬上来时，是否应该有人值夜班，比如负责看守东西？我们没有这样做，当我们醒来时，所有东西都还在客厅里。我们谈起了在地下室找到的床，以及因为旧床垫让人难以入睡而买来铺在床上的新床垫。但奥尔加的床垫在夜里不见了。她在漆黑的夜里去散步了，只有当她和拉尔夫交换了床垫后，她才能确定她散步回来时床垫还在。

我们谈论的是东西的不确定区、犹豫区和模糊区。物品必须适应我们，被我们留下，我们每个人都有把不同的物品留在这个时间的能力。我说，最好由亨利来为我们的厨房添置东西。我想到了我的咖啡研磨机。但我也想到了我带给父母的礼物。虽然我已经带了几天，但这些东西都不见了。我觉得我更擅长把书和木柴留下。

奥尔加曾在面粉方面遇到过问题。起初，当她和拉尔夫一起住在不来梅时，她曾尝试用姑姑的方法烤面包。她姑姑总是在晚上和好面团，放进冰箱冷藏，第二天早上再烤面包。奥尔加很喜欢那些有乡村小面包的早晨，喜欢厨房里的香味，也喜欢大家上学前的喧闹。她说，如果说被困在18日之前的生活有什么让她怀念的，那就是那些早晨。

她尝试自己烘焙时，结果却难以预料。如果她在当天或几天内买了面粉，早上起来碗里就只有一点儿水和酵母了。她开始在烘焙前几天在床脚放一包面粉睡觉。这并不总是有用。但现在她发现，她可以让面团在白天醒发，她会用尽全力揉面团，有时她会用自己房间里的酸面团，如果她小心翼翼地把面包整形，晚上把它们放在冰箱的盘子里，第二天就可以烤了，好像她和面的功夫能让面粉留下来似的。

她说，如果我们有一周的日子，她会每周日为我们烤早餐面包，现在她想做就做。她通常让我早上烤面包，因为她睡懒觉。有时我烤焦了，但她并不在意，反正如果不提醒她，她经常会忘记吃。

拉尔夫主要谈论我们对事物和数字世界的观察。关于旧手机和新手机的区别。他推断出了电子元件的一些基本原理。持续使用有利于保持连续性，回收利用可提高稳定性，诸如此类。他已经开始考虑在自己的项目中利用废旧元件和旧材料的可能性。他认为，了解事物的行为是一种机遇，要把握其中微妙的平衡。

然后我们谈到了垃圾，我们每天都会制造垃圾，而且越积越多，但这是无法控制的。我们对垃圾进行分类，去回收中心把瓶子、纸板和纸张放进回收箱。每隔一段时间，我们会把一两袋厨余垃圾送到附近的社区或街道，因为11月18日不收集垃圾。但有时垃圾会自己消失。有时当我们把垃圾堆在车库旁边时，垃圾也会突然消失。几天前，我们以为拉尔夫去上班时把棚子里的折叠纸箱带走了，但他没有，纸箱自己不见了。

我给他讲了和托马斯一起调查研究的日子——我们是如何在厨房里煎荷包蛋，一边吃一边等待那从未到来的19日。蛋盘里的鸡蛋少了两个，但蛋壳已经不在垃圾桶里了。它们不见了，就像黑夜中出现了一道裂缝，就像垃圾自己消失了一样。

我告诉他托马斯放在浴室水池边的一块香皂。第二天早上，香皂还在那里，但香皂的包装却不见了，既不在水槽下的垃圾袋里，也不在屋外的垃圾桶里。当时我们没法儿解释，开会时我们也没有想出一个合理的解释，尽管我们有四个人在猜测。我们只知道，有些东西留在了我们身边，有些东西却消失了，好像它们不属于我们的日子。

事情就是这样，这个世界充满了裂缝和颠簸。拉尔夫认为可能是乌鸦在作怪。他经常看到成群的乌鸦，在城市人行道上排成长队的垃圾袋上盘旋。奥尔加认为他的解释太牵强。乌鸦会怎么处理牛奶盒、瓶子和用过的卫生棉条呢？她想，这不可能是动物或人类干的，但她想不出更好的解释。

亨利比平时沉默了更长时间。他说，也许垃圾的问题比我们想象的要严重，因为如果我们计算时间的依据是他在酒店的垃圾桶里清点一次性剃须刀的数量，那么天数就可能是错的。如果垃圾消失了，那么当他计算剃须刀的数量时，他可能在18日多待了很多天。当我和他比较我们的天数并掷硬币时，我们只差了一天，但也许差得更多。

拉尔夫认为，在一千多个日子之后，如果只有一天之差，我们的计算肯定非常准确。此外，要改变我们对时间的计算也很困难，因为现在我们的日子已经同步了。奥尔加和拉尔夫在计算天数时并没有这么细致，他们接受了我们的计算。

奥尔加认为，我们的垃圾是否消失并不重要，天数是否精确也不重要。她说，只要我们不从彼此身边消失就行。她说，比起天数，我们有更重要的事情要谈，比如希望。但是，当我把写有这些话题的纸条揉成一团时，我发现自己把谈话引入了歧途，因为我在谈论差异。我们那些写着会议主题建议的纸条到底是有意义的，还是成了垃圾？写有“希望”的纸条会有不同的意义吗？

我们讨论了很长时间，感觉上是这样，尽管我试图收回我的问题，但当我们结束讨论时，没有人愿意谈论希望。我们试图谈论11月19日，19日的希望，还有20日的。但如果不谈损失，就谈不上希望，而今天没有人想谈损失。至少在会议上没有，但当我们会后坐在客厅里时，希望还是出现了。

奥尔加谈到了希望。她说，希望11月18日除了我们还有其他人。

第*1878*次

我们在时间容器中聚在了一起，这很奇特。亨利说，如果时间是一个容器的话。他认为更像是一列火车，我们都在同一个车厢里，就像我们在旅行。

傍晚时分，坐在客厅里，时不时会有人提出这样的问题。为什么是我们？是什么让我们走到了一起？我们是各怀心事的旅行者，只是在旅途中遇到了彼此？在我们分道扬镳之前，这应该只是一次短暂的偶遇吗？我们是四个在电梯里相遇的店员吗？我们是在超市排队的四个顾客吗？或者我们是同一家医院的住院病人？我们出了什么问题？我们是在做手术还是在等待？等待什么？

也许这更像是一艘在波涛汹涌的大海中航行的船。我们必须学习所有的新东西：不同的风帆，所有的绳索和棘手的绳结，不断变化的天气。即使我们不知道船将把我们带向何方，也要努力保持航向。

我想你不能说我们只是像火车上的乘客一样被带着走。我们航行、讨论。我们擦洗甲板，修理损坏的船体。我们装货、卸货。我们眺望大海。如果看到陆地，我们就准备靠岸。这是一艘什么样的船？如果拉尔夫愿意，也许这是一艘救援船。他坐在船尾，侦察海上的险情。

奥尔加觉得这不像一艘船。太暗了，太安静了。缺乏视野和海平线。奥尔加说，如果说时间是一个容器，那么我们更像是被装进了一个口袋。她说，就像一个巨人把我们从生活中拽出来带走了。她感觉不到头发上的风，她能感觉到运动，有一种被带着走的感觉，但这不是轮船在颠簸，也不是火车在行驶。她认为我们应该尝试着离开。

第*1892*次

然后，他们昨天突然出现了。他们有五个人，他们把车停好，下车，按了门铃。我们没看到他们，但我们听到了他们按对讲机时门厅里响起的急促声音。这不像是我们中的一个人外出回来时的声音。如果我们记不起密码，或者我们中的一个人在送杂货时需要帮助，门铃就会响三声。我们已经习惯了，但这是一种持续的声音，11月18日的门铃可没有持续的声音，但它还是响了。

幸运的是，我们到家了。亨利外出采购物资，不久前开着拉尔夫的车回来了。他从批发商那里买了六盒燕麦片，每盒十二包，还有四大盒咸味饼干，这些饼干都快过保质期了，随时可以销毁。

回来的路上，亨利去拉尔夫的公寓拿了一个洗衣篮，因为我们买的那个不见了。我们刚把箱子搬进走廊——那里已经摆满了可供一群人食用的燕麦片和饼干——就听到震耳欲聋的对讲机铃声：突然有一群人出现在我们的铁栅栏门前。

我们冲到大门前：门里有四个人，门外有五个人，现在我们有九个人了。

拉尔夫想知道他们是否被困在18日。他们说是，并问他是不是拉尔夫。他回答说是的，我们早就料到他们会来。好吧，不完全是他们，也许我们也没指望他们会按响我们的对讲机，但我们还是希望能见到他们。拉尔夫说，我们一直都知道被困在18日的并不只有我们，然后他把我们其他人介绍给了新来的人。

他们也是这么做的。也就是说，只有当我们走到家门口，他们把车停在柴房旁边，我们走过玄关的箱子时，他们才介绍自己。奥尔加说，当我们经过那些箱子时，她希望他们能吃燕麦粥。他们回答说可以，或者说有四个人可以。最后一个正在系鞋带，因为鞋带松了，她没有回答。

但现在他们搬进来了。也就是说，现在他们只是在睡觉，因为昨晚已经很晚了。我们请他们进屋，从地窖里拿酒，从走廊的箱子里拿咸饼干和牛肉，我们坐在一起，从11月18日一直聊到深夜。总有人去拿更多的饼干和酒，以及我们在地窖里能找到的其他东西。没有人愿意因做晚饭而错过下一个故事，这并不是因为故事内容截然不同，而是因为我们谈论的是同一天的故事，但时间还是太晚了，或者说几乎是早上了。

现在，他们分散在家里的各个角落。他们躺在沙发上，躺在房间里铺着的毯子上和睡袋里。他们在硬床垫上睡觉或翻来覆去。这感觉就像一个已经结束的故事，但我又听到某处有开门的声音，也许故事才刚刚开始。

对塔拉·塞尔特而言，每天早晨醒来，都是重复的一天——她被困在了11月18日，一天又一天，一年又一年……